SCHATTENDRACHE

EIN PARANORMALER LIEBESROMAN

DRACHEN-MILLIARDÄRSIMPERIUM
BUCH 5

JADA COX

BENTIN BOOKS, LLC

Schattendrache

Ein paranormaler Liebesroman

Drachen-Milliardärsimperium Buch 5

Jada Cox

Erstellt mit Vellum

1

LIAM

Die große Liebe zu finden, hatte nie ganz oben auf Liam Sallows Prioritätenliste gestanden. Aber es war schwer, nicht daran zu denken, wenn auf der anderen Seite der Glasscheibe sein Chef mit seiner Gefährtin rummachte. Danny Langton hatte Marissa vor etwas mehr als einem Jahr kennengelernt, und sie waren zweifelsohne perfekt füreinander. Das war schließlich der Sinn darin, seine Gefährtin zu finden: Man passte in jeder Hinsicht zusammen.

Da nur diejenigen Gestaltwandler jemals ihr Gegenstück fanden, die besonders viel Glück hatten, wurde Liam ein wenig neidisch. Besonders, da er gezwungen war, Danny und Marissa bei ihrem Glück zuzusehen. Auch Liams Drache erwachte ein wenig in ihm und schmollte, dass sie niemanden zum Rumknutschen hatten. Auch niemanden für ein Date oder jemanden, mit dem er über seinen Tag reden konnte. Liam schob den Drachen zurück in die Tiefen seines Wesens, wo er nicht in seine Gedanken eindringen konnte.

Er freute sich wirklich für Danny. Für alle vier seiner

Freunde, die im Laufe des letzten Jahres ihre Gefährtin gefunden hatten. Aber Liam schmerzte all das ein wenig, da er bisher außen vor gelassen worden war. Da er und seine engsten Freunde Drachen-Gestaltwandler waren, fragte sich Liam oft, ob die anderen ihre perfekte Partnerin gefunden hatten, weil sie jeweils über eine spezielle Elementarmagie verfügten. Liam war auch ein Drachen-Gestaltwandler, aber seine Fähigkeiten waren viel dezenter und verborgener.

Ja, eine Gefährtin wäre schön, aber das war momentan ein unerreichbarer Traum. Liam machte sich keine Hoffnungen, dass sich für ihn etwas ändern würde. Er war der Sicherheitschef der innovativen Firma InnoCell, die Technologie und Magie miteinander vereinte und von ihm und seinen Freunden geleitet wurde. Ein großer Teil von Liams Job bestand darin, gefährliche Gestaltwandler und Magie-Anwender aufzuspüren, die eine Bedrohung für die Firma darstellten. Er war also ein hochriskanter Partner für jemanden, der ihn kennenlernen wollte, geschweige denn daran dachte, mit ihm auszugehen.

In Liams Augen war sein Job mit einer romantischen Beziehung nicht vereinbar, zumindest nicht mit einer Frau, die nach einer solchen suchte. Bei diesem Job setzte er sein Leben aufs Spiel. Vielleicht fanden ein paar Frauen das attraktiv, aber Liam war noch keiner begegnet, die es lange bei ihm ausgehalten hatte. Das war sicher auch besser so.

Er wippte gereizt mit dem Fuß und schaute auf seine Uhr. Er und Danny hatten ihr Treffen vor zehn Minuten beginnen sollen, und Liam wartete schon seit einer Viertelstunde. Sollte er Danny und Marissa stören? Liam fühlte sich ein wenig unwohl bei dem Gedanken, aber er hatte auch Besseres zu tun, als herumzustehen und ihnen beim Knutschen zuzusehen.

Entnervt holte er Luft und klopfte leise ans Fenster,

um ihnen zu bedeuten, dass er da war. Die beiden sprangen auseinander, als wären sie auf frischer Tat ertappt worden, ohne zu wissen, dass Liam fünfzehn Minuten darauf gewartet hatte, dass sie von selbst bemerkten, dass sie etwas über die Stränge geschlagen hatten. Marissa warf Liam eine Kusshand zu. Dann zupfte sie ihre Bluse zurecht und ging zur Tür. Sie hielt sie mit dem Fuß für ihn auf.

„Es ist ein bisschen unhöflich, dabei zuzusehen, weißt du?", sagte Marissa, streckte dabei jedoch ihre Zunge heraus, um ihm zu zeigen, dass sie scherzte.

Liam lachte. „Nächstes Mal sollte Danny die Fenster verdunkeln, sonst bildet sich hier noch ein größeres Publikum."

Marissa ging davon, und Danny wischte sich gerade den Lippenstift aus dem Gesicht, als Liam das Büro betrat.

„Du bist spät dran", sagte Danny und sah nicht vom Spiegel auf. Auf seinem Kinn prangte immer noch ein rosa Fleck.

„Ich bin schon seit einer Viertelstunde hier", entgegnete Liam. „Ich hatte euch nicht stören wollen, aber ihr zwei saht so aus, als würdet ihr niemals aufhören, wenn ich nicht klopfe."

„Ja, ja, was auch immer für eine Ausrede du brauchst, um nicht pünktlich hier zu sein." Danny stellte den Spiegel weg und wandte sich Liam zu. „Und? Was hast du heute für mich? Ich hoffe, es ist wichtig, wenn du mich daran hindern willst, gemeinsam mit Marissa zu meiner üblichen Uhrzeit nach Hause zu gehen."

Liam würde natürlich unter keinen Umständen versuchen, einen aggressiven Gestaltwandler von seiner Gefährtin fernzuhalten. Das war die Mühe einfach nicht wert. Wenn das bis morgen hätte warten können, oder sogar bis nächste Woche, hätte er gewartet. Das war in diesem Fall jedoch nicht möglich.

„Es geht um die Claws“, sagte Liam.

Danny richtete sich auf. „Es ist ein Jahr her, seit wir das letzte Mal gegen sie gekämpft haben. Sie sind wieder da?“

Als Leiter der Überwachungsabteilung hatte Liam relative Handlungsfreiheit bei InnoCell. Normalerweise konnte er alles tun, was er für die Sicherheit und Verteidigung der Firma für notwendig hielt, ohne dass er eine Genehmigung von Danny, dem CEO, oder jemand anderem brauchte. Und zum größten Teil nutzte Liam diese Freiheit voll aus. Bis jetzt hatte er sehr gute Arbeit geleistet, um InnoCell und seine Mitarbeiter vor diversen ruchlosen Magie-Anwendern zu schützen.

Wenn es jedoch um die Claws-Gang ging, hielt Liam eine zweite Meinung immer für klug. Die Claws waren eine besonders gefährliche Gruppe von Drachen-Gestaltwandlern, und InnoCell hatte in den letzten Jahren mehrere Zusammenstöße mit ihnen gehabt. Nach einem besonders schlimmen Angriff im letzten Sommer, bei dem Michael Koff, der Leiter der Abteilung für den Vertrieb von magischen Artefakten, schlimm verletzt worden war, hatten sie die Claws vorläufig besiegt. Zumindest hatten sie das gedacht.

„In den letzten Monaten gab es ein paar Aktivitäten, wenngleich unbedeutende“, erwiderte Liam. „Ich habe sie auf allen uns zur Verfügung stehenden Wegen verfolgt und habe nichts entdeckt, was weiterer Beachtung würdig wäre.“

„Bis jetzt, nehme ich an“, sagte Danny.

„Ja. Bis vor ein paar Tagen.“

Danny verschränkte die Finger und spannte sich an. Sein lässiges Auftreten von vorhin war verschwunden. „Ich brauche einen vollständigen Bericht. Womit haben wir es zu tun?“

„Im Moment haben wir keinen Grund zur Annahme, dass sie einen weiteren Angriff planen“, stellte Liam klar. „Aber bei der gefährlichen Vorgeschichte der Claws sollten wir vorbereitet sein. Was wir mit Sicherheit wissen, ist, dass mehrere ihrer Anführer geplant haben, an einem großen Bankett hier in Blackfall teilzunehmen.“

„Weißt du schon etwas über die Veranstaltung oder die weiteren Gäste?“, fragte Danny. „Worauf sie vielleicht aus sind?“

„Nein, noch nicht. Alle Details über das Bankett werden extrem geheim gehalten. Ich habe einige meiner besten Agenten losgeschickt, und auch ich habe nachgeforscht. Aber wir haben nichts Auffälliges gefunden. Da ist sehr verdächtig.“

„Die führen etwas im Schilde“, stimmte Danny ihm zu.

„Wir müssen wissen, was es bei dem Bankett zu holen gibt.“

Danny war eine Weile still. Wahrscheinlich dachte er darüber nach, warum die Claws sich nach so langer Zeit wieder gerührt hatten. Beim letzten Mal hatte es so ausgesehen, als hätten sie die Markteinführung ihres Lifesaver-Geräts sabotieren wollen. Es handelte sich um ein Diagnosetool, das Ärzten dabei helfen sollte, Patienten effektiver zu behandeln. Ein großer Teil der Mission von InnoCell bestand darin, dem Allgemeinwohl zu dienen.

Zur gleichen Zeit hatten die Claws versucht, ein gefährliches Artefakt in der Stadt aufzuspüren, das zufällig – oder auch nicht, je nachdem, wie man es betrachtete – einen Monat nach der Markteinführung des Lifesavers bei InnoCell gelandet war. InnoCell hatte gerade das Heilgerät auf den Markt gebracht, das mit seiner erstaunlichen Technologie sowohl in der menschlichen als auch in der magischen Welt für Aufsehen gesorgt hatte. Nur einen Monat nach seinem Launch hatte das Gerät bereits das Verständnis der Menschen von Medizin und Krankheiten zu verändern begonnen. Mit nur wenig, aber der richtigen Magie, konnte mit der Zeit beinahe alles geheilt werden.

Waren die Claws wegen dieses Heilungsgeräts aktiv geworden, oder war es nur ein weiterer Zufall? Liam und InnoCell mussten momentan mit allem rechnen, denn noch hatten sie keine konkreten Informationen.

Danny sah Liam eindringlich an. „Das ist etwas, von dem ich erwartet hätte, dass du dem ohne mich nachgehst. Du bist der Beste in dem, was du tust. Was brauchst du von mir?“

Liam *war* der Beste in dem, was er tat. Als einer der wenigen Schattendrachen der Welt beherrschte er Schatten, Illusionen und mehr. Er war ein Experte darin, sich irgendwo einzuschleichen und unbemerkt zu bleiben. Und natürlich darin, Informationen zu erhalten. Wenn diese verfügbar waren, konnte ihn nichts davon abhalten, sie zu bekommen. Nur sehr wenige kannten das volle Ausmaß von Liams Kräften, nicht einmal seine engsten Freunde. Für die Sicherheit aller war das auch besser so.

„Die Pläne der Claws aufzudecken, wird wahrscheinlich gefährlich sein“, sagte Liam. „Sie sind sehr vorsichtig. Ich habe einen Weg gefunden, mir eine Einladung zum Bankett zu beschaffen. Und weil der Zweck dieser Veranstaltung immer noch unklar ist, werde ich persönlich teilnehmen, anstatt einen Agenten hinzuschicken.“

„Du hast mich noch nie um Erlaubnis gebeten, dein Leben zu riskieren.“ Danny hob neugierig eine Augenbraue. „Du weißt, dass ich nichts tun kann, um dich aufzuhalten, und ich vertraue dir, dass du die Interessen von InnoCell nicht gefährdest.“

Liam schritt hinüber zu den Fenstern, von denen aus man Blackfall überblicken konnte. In der Stadt herrschte, wie immer am Spätnachmittag, reger Verkehr, die Menschen pendelten nach Hause, zu ihren Liebsten. Genau das, was auch Danny gleich machen würde, anstatt sich anzuhören, dass die Claws wieder einmal eine Bedrohung für ihr Unternehmen und ihre Mission darstellen könnten. Sie und die Claws hatten unterschiedliche Ziele. Während InnoCell Magie als etwas betrachtete, das die Welt zum Besseren hin verändern könnte, arbeiteten die Claws mit denen zusammen, die glaubten, dass Magie nur einer kleinen Elite zur Verfügung stehen sollte. Und um das zu erreichen, waren sie bereit, zu extremen Mitteln und Gewalt zu greifen.

„Als die Claws das letzte Mal aufgetaucht sind“, sagte Liam, „waren sie hinter einem sehr gefährlichen Artefakt her. Wahrscheinlich, um Waffen zu horten, mit denen sie zumindest einen Teil der menschlichen Bevölkerung beherrschen wollten. Wir haben keinen Grund zu der Annahme, dass das nicht wieder der Fall ist. Zu dem Bankett muss ich mit einer Begleitung gehen. Allein teilzunehmen, würde sehr verdächtig wirken.“

Danny lachte. „Du bittest um Erlaubnis, ein Date mitzubringen?“

„Ein Date zu einem *Arbeitseinsatz* mitzubringen“, korrigierte Liam. „Einen, der sich als sehr gefährlich erweisen könnte. Und es kann nicht jemand sein, der bei InnoCell arbeitet, denn die Claws könnten sie erkennen. Ich kann mein Aussehen verändern und mich anpassen, aber wir können uns nicht darauf verlassen, dass meine Magie auch längerfristig auf meine Begleitung wirkt. Sie muss jemand sein, der überhaupt nicht mit uns in Verbindung steht. Ideal wäre es, wenn sie keine Ahnung hätte, warum ich überhaupt an dem Bankett teilnehme."

Danny erwiderte zunächst nichts darauf, und Liam sah, dass sein Chef den Kopf schüttelte. Nicht, weil er Liams Bitte ablehnte, sondern aus Unverständnis, aber auch aus Belustigung darüber, dass sie dieses Gespräch überhaupt führten. „Ich verstehe", sagte er schließlich. „Worum du wirklich bittest, ist die Erlaubnis, einen völlig ahnungslosen Menschen in eine potenziell gefährliche Fehde hineinzuziehen."

„Ja. Ganz genau."

„Du weißt, dass ich dem nicht so einfach zustimmen kann."

„Und das ist der Grund, warum ich dich frage, anstatt wie sonst selbst zu entscheiden", sagte Liam. „Ich möchte niemanden in Gefahr bringen, denn wir begeben uns in eine Gefahr, die wir schwer einschätzen können. So vieles könnte schiefgehen. Aber ich bin gut in meinem Job, Danny. Du weißt, dass ich das nicht verlangen würde, wenn ich es nicht für absolut notwendig hielte."

„Ich kann immer noch nicht glauben, dass du mich um Erlaubnis bittest, ein Date zu einer Party mitzunehmen", sagte Danny und lächelte, obwohl sein Bemühen, die Situation aufzuhellen, ein wenig gezwungen wirkte.

Liam hatte allerdings nicht vor, das Ganze auf die leichte Schulter zu nehmen. „Heißt das, du erlaubst es?"

„Wann ist das Bankett? Wie lange hast du Zeit, um das Ganze vorzubereiten?"

„Eine Woche. Es ist nächsten Samstag. Warum fragst du?"

„Um zu erfahren, wie viel Zeit du für die Planung hast. Bist du dir absolut sicher, dass du noch jemanden mit ins

Boot holen musst? Und das eine Woche ausreicht, um dir einen niet- und nagelfesten Plan auszudenken, um sie keinem Risiko auszusetzen und *gleichzeitig* die anstehende Mission zu erfüllen?“

„Wenn ich nicht in etwas Großes geraten sollte“, sagte Liam und drehte sich wieder zu Danny, der immer noch an seinem Schreibtisch saß, „habe ich vor, lediglich Informationen einzuholen. Woran auch immer die Claws gerade arbeiten, ich bezweifle, dass dies das Ende ist. Es ist nur der Anfang. Ich brauche vor allem mehr Informationen.“

„Als die Claws das letzte Mal aktiv waren, waren sie auf der Suche nach gefährlichen Artefakten“, sagte Danny. „Auch wenn du davon ausgehst, dass diese Mission ein geringes Risiko hat, musst du vorsichtig und auf alles gefasst sein.“

Liam musste darüber lachen. „Habe ich dir jemals etwas über meinen Job erzählt? Vorsichtig und auf alles gefasst zu sein, ist Teil meiner Aufgabenbeschreibung.“

Auch Danny lächelte. „Okay. Dann hast du mein Einverständnis. Ich glaube nicht, dass ich dir sagen muss, wie sehr es InnoCell schaden könnte, wenn es schiefgeht. Also: Vermassele es nicht.“

Liam salutierte scherzhaft. „Du kannst dich auf mich verlassen. Ich werde alles unter Kontrolle haben.“

„Das Gute daran ist, wenn du dich geirrt haben solltest und es wirklich nur eine Party ist, gehst du vielleicht zum ersten Mal seit wer weiß wie langer Zeit wieder auf ein richtiges Date. Du könntest dich amüsieren.“

„Es ist Arbeit, Danny. Wir alle wissen, dass sich das nicht gut mit Vergnügen verträgt.“

Als Liam zur Tür ging, fügte Danny hinzu: „Ich warte darauf, dass du mir das Gegenteil beweist.“

Liam schüttelte nur den Kopf. Er würde mit einer

Begleitung zu dem Bankett gehen, weil es gefährlicher wäre, allein zu erscheinen. Er konnte sich nicht vorstellen, wie er auf eine Mission gehen sollte, um aufzudecken, was die Claws vorhatten, und sich gleichzeitig amüsieren könnte. Aber, das musste er zugeben, manchmal bot einem das Leben unverhoffte Überraschungen.

2

RIAH

Auf dem Podium auf der anderen Seite des Gartens küssten sich die Braut und der Bräutigam. Die Hochzeitsgäste brachen in Jubel aus, und auch Riah Jones klatschte pflichtbewusst mit. Sie ging selten auf Hochzeiten, und dieses glückliche Paar kannte sie kaum. Riah hatte die beiden noch nie in ihrem Leben gesehen.

Die Hochzeitszeremonie fand in einem wunderschönen Rosengarten statt, und obwohl Riah sich Sorgen machte, dass sie bei jeder Bewegung ihr Kleid an einem der dornigen Büsche zerreißen könnte, war es wirklich herrlich. Über die Terrasse war ein glitzerndes, weißes Netz gespannt, und karmesinrote und rosafarbene Rosenbüsche umrahmten den Gang, den die Braut nur wenige Augenblicke zuvor entlanggeschritten war.

Riahs Begleiter, Colin, legte einen Arm über ihre Schultern. Sie tat, als würde ihr das gefallen, und rückte ein wenig näher. „Oh, das ist so romantisch", sagte sie. „So eine Hochzeit hätte ich auch gerne mal."

„Wenn du das wirklich willst, ließe sich das arrangieren", sagte Colin und drehte sich zu ihr, um sie zu küssen.

Aber sie bewegte sich, sodass seine Lippen auf ihrer Schläfe landeten.

Das war eine von Riahs Regeln. Sie würde keinen Kunden küssen, es sei denn, es wäre absolut notwendig. Auch keine intimen Berührungen und definitiv kein Sex. Obwohl Colin sich an diese Regeln hielt, versuchte er ständig, die Grenzen zu überschreiten. Sein Verlangen nach ihr sickerte praktisch aus jeder Pore seines Körpers, und während das für die meisten Männer, mit denen Riah ausging, ein Problem gewesen wäre, war Colin ein wenig anders.

Er war süß und fürsorglich, nicht aggressiv und übergriffig – unbeholfen, jedoch niemals aufdringlich.

Aber eine Hochzeit. Das war ein lustiger Gedanke. Riah würde gerne eines Tages heiraten, aber bestimmt nicht Colin. Trotzdem würde sie heute weiter die Rolle spielen, die ihr Job ihr vorschrieb: die glückliche, verliebte Freundin. Sie kicherte. „Das würdest du für mich tun?"

„Ich würde dir die Welt zu Füßen legen, wenn du danach verlangst", antwortete er.

Riah bemerkte, wie Colins Freunde, die in der Reihe vor ihnen saßen, ihnen neidische Blicke zuwarfen. Es funktionierte.

„Mmm, du weißt, dass ich das nicht tun kann, Babe."

Er drückte ihre Schulter. „Ich weiß. Um so etwas Großes würdest du mich nicht bitten."

Das einzige Problem war, dass sie bei Colin nicht immer sagen konnte, ob er mit seiner Schauspielerei übertrieb oder ob er es ehrlich meinte. Normalerweise konnte sie das unterscheiden, aber bei ihm schien es eine ungewöhnliche Mischung aus beidem zu sein. Riah mochte Colin. Jedoch als Mensch, nicht als potenziellen Partner. Es war ihr allerdings ein wenig unangenehm, dass er sie dafür bezahlte, seine falsche Freundin zu sein, und es wirkte nicht so, als wäre ihm das immer bewusst. Es war alles vorgetäuscht, aber er tat so, als wäre sie wirklich seine Freundin.

Es war auch erst ihr viertes Date. Sie würde sich bald von ihm trennen müssen, sonst würde es Bindungsprobleme geben. Sie wollte ihm nicht das Herz brechen, und es würde schlimmer werden, wenn sie zu lange wartete.

Die meisten von Riahs Kunden waren respektvoll und freundlich, aber Colin war anders als die meisten anderen. Er war auf eine gewisse Art weicher, jedoch nur, weil er etwas darunter verbarg. Riah mochte Geheimnisse. Sie machten alles irgendwie interessanter.

Trotzdem wollte sie ihre Regeln nicht für Colin brechen. Er war nett, aber nicht wirklich ihr Typ. Sie machte nur ihren Job, eine glaubwürdige, aber falsche Freundin zu sein, sich an seinen Arm zu klammern, seine Familie zu beeindrucken, alle anderen eifersüchtig zu machen und dabei ziemlich gut bezahlt zu werden. Das war einer der Vorteile des Hübschseins, fand Riah. Sie zog Blicke auf sich, warum also nicht dafür bezahlt werden?

Es gefiel ihr, einsamen, reichen Männern dabei zu helfen, den Schein gegenüber ihren Familien zu wahren. Die meisten von ihnen hätten wahrscheinlich gar keine Schwierigkeiten, eine echte Freundin zu finden, wenn sie es denn versuchen würden. Aber sie waren zu beschäftigt für eine echte Beziehung und wollten nur gelegentlich jemanden zum Reden oder zum Angeben. Riah gefielen diese Arrangements am besten: Beide Seiten wussten, was sie bekamen und was erlaubt war, und beide konnten sich einfach nur amüsieren. Mit ihnen fühlte es sich die meiste Zeit über nicht einmal wie Arbeit an. Sie behandelten sie wie eine Königin, und Riah tat immer ihr Bestes, um sie mit ihrer Ausstrahlung und ihrer Lebendigkeit glücklich zu machen. Ohne Sex. Denn das war nicht die Art von Arbeit, an der sie interessiert war.

Riah hatte den Arm um Colins geschlungen, als sie den Garten in Richtung des Saals verließen, in dem der Empfang stattfinden sollte. Dieser war genauso edel dekoriert wie der Außenbereich, mit weißem Netz und Rosendeko, die an den Wänden hing und in Sträußen auf allen Tischen standen. Eine ältere Frau mit hellen, haselnussbraunen Augen kam auf Riah und Colin zu, bevor sie ihre Plätze einnehmen konnten. Seine Mutter.

„Oh, meine Liebe, ich bin so froh, dass du kommen konntest." Sie umarmte die beiden und ergriff dann Riahs Hände. „Was für eine schöne Zeremonie, hm?"

„Ich habe noch nie eine schönere erlebt", erwiderte Riah.

„Das lässt sich leicht übertreffen, sobald ich ein paar erfreuliche Neuigkeiten von euch beiden gehört habe." Colins Mutter lächelte und machte sich dann auf den Weg, um sich mit jemandem hinter ihnen zu unterhalten.

Ja, es war an der Zeit, die Sache mit Colin zu beenden. Er und seine Familie hatten sich zu sehr an sie gewöhnt. Riah durfte nicht zulassen, dass alle auf die Idee kämen, sie und Colin würden als Nächstes heiraten. Wenn es um diesen Aspekt ihrer Arbeit ging, machte sich Riah normalerweise nicht allzu viele Gedanken. Es war Teil ihrer Vereinbarung, dass sie irgendwann weiterziehen würde. Doch bei Colin hatte sie jetzt schon ein schlechtes Gewissen. Sie wollte seine Gefühle nicht verletzen.

Jeder glaubte, dass sie ein echtes Paar waren. So sollte es auch sein, aber sie durfte Colin nicht glauben lassen, dass sich die Dinge ändern und sie plötzlich ein wirkliches Paar werden würden. Außerdem, wenn sie zu lange bei einem Klienten blieb, raubte das eine Menge von Riahs Energie und Zeit. Wie sollte sie so jemals eine echte Beziehung finden?

Sie genoss ihre Arbeit, lernte ständig neue Leute kennen, machte sie glücklich. Aber wonach sie sich wirklich sehnte, war eine echte Beziehung. Echte Liebe, die auf etwas mehr als nur einem Vertrag basierte. Aber Riah übte diesen Beruf schon so lange aus, dass sie ein bisschen abgestumpft war. Wie sollte sie jemals die wahre Liebe finden, wenn sie sie beruflich immer nur vortäuschte? Würde sie wissen, dass sie echt war, wenn sie sie jemals finden würde?

Riah wäre fast gestolpert, als Colin sie leicht nach vorne stupste, und sie gingen zu ihrem Tisch. „Alles okay bei dir?“, fragte er leicht besorgt.

„Natürlich“, antwortete sie lächelnd und nahm ihren Platz neben ihm ein. Ihr Tisch war im Moment noch leer. Der Rest der ihm zugeteilten Gäste hatte sich noch nicht zu ihnen gesellt. „Ich war nur eine Sekunde lang in Gedanken versunken, das ist alles.“

„Hör mal, Riah, ich glaube, wir ...“ Colin hielt inne und hob den Blick, als zwei seiner Freunde sich dem Tisch näherten. „Lass uns nach der Feier reden.“

Riah nickte, froh über diesen Vorschlag. „Aber klar. Das ist eine gute Idee.“

Er legte eine Hand auf die ihre. Er sah das Ganze also genauso wie sie. Es durfte nicht so weitergehen. Zu wissen, dass er auch so dachte, entspannte sie ein wenig. Sie konnte ihren Job weitermachen, ohne sich Sorgen machen zu müssen, dass er einen falschen Eindruck bekäme.

„Wie hübsch ihr zwei doch zusammen ausseht“, sagte die Frau, die sich zu ihnen gesellte. Sie war eine zierliche Blondine mit einer guten Figur, und ihr kurzes, enges rosa Kleid war ein wenig zu gewagt für eine Hochzeit. „Colins Mutter sagte, sie würde gerne eine Hochzeit für ihn planen, und ich konnte es kaum glauben, bevor ich euch beide zusammen gesehen habe."

„Kylee, es ist schön, dich zu sehen. Ich habe dich hier nicht erwartet", sagte Colin und erhob sich, um die Frau zu umarmen. „Das ist Riah, meine Freundin."

Riah schüttelte Kylees Hand. Diese war kalt, ungewöhnlich kalt, wenn man bedachte, dass es mitten im Sommer und brütend heiß war. Die Frau warf Riah einen giftigen Blick zu, den Colin nicht zu bemerken schien, und setzte sich. Irgendetwas stimmte nicht mit dieser Frau, abgesehen davon, dass sie wahrscheinlich einfach nur eifersüchtig oder hasserfüllt war. Aber es war so verwirrend, dass Riah nicht sicher war, ob sie sie nur hasste, weil sie mit Colin zusammen war, oder einfach nur so. Oder beides.

So oder so, die Frau machte Riah nervös. Umso besser, dass dies das erste und letzte Mal sein würde, dass sie sich begegneten.

„Ich habe viel Gutes über dich gehört", sagte Kylee.

Mit ihr war auch ein weiterer Mann an den Tisch getreten, den Colin ebenfalls umarmte. Es war Colins bester Freund Jeff, ein sportlicher Typ mit ausgeprägten Muskeln und einem scharf geschnittenen Kiefer. Man konnte ihn als attraktiv bezeichnen, aber ebenso wie Kylee hatte er etwas an sich, das Riah eine Gänsehaut bescherte. Aber wenigstens schien er nett zu sein. Sie war ihm schon oft begegnet, und noch nie hatte er sich ihr gegenüber so offen feindselig verhalten wie Kylee.

„Hey, Mann", sagte Jeff. „Riah, du siehst so umwerfend aus wie immer."

Riah schenkte ihm ein höfliches Lächeln. „Du hast dich auch ganz schön schick gemacht. Ich weiß nicht, ob ich dich schon einmal in einem Anzug gesehen habe."

Jeff und Kylee waren nicht zusammen, sie waren nur

gemeinsame Freunde von Colin. Da sie jedoch völlig unterschiedliche Persönlichkeiten hatten, fragte Riah sich, wie sie überhaupt befreundet sein konnten. Diese Details waren für ihren Job jedoch nicht so wichtig. In solchen Momenten unterdrückte sie ihre Neugierde, um nicht zu viele Bindungen einzugehen. Es kam selten vor, dass sie bei dieser Arbeit keine Leute fand, die sie mochte, und noch seltener, dass sie die Möglichkeit hatte, mit jemandem in Kontakt zu bleiben. Schließlich konnte sie sich nicht von jemandem „trennen" und dennoch mit ihm befreundet bleiben, meistens jedenfalls.

Kylee und Jeff setzten sich zu ihnen an den Tisch, nachdem sie einen Kellner mit einem Tablett voller Getränke herbeigerufen hatten. Gin Tonic, wie es aussah. Nicht unbedingt Riahs Lieblingsgetränk, aber sie wollte etwas trinken, also nahm sie ein Glas.

„Wie lange seid ihr schon zusammen?", fragte Kylee und trank einen Schluck von ihrem Getränk, während sie Riah anstarrte.

„Seit ungefähr sechs Monaten", erwiderte Colin. Er begegnete Kylees Blick, als er eine Hand auf die von Riah legte.

„Ein bisschen früh, um eine Hochzeit zu planen, meinst du nicht?"

Oh, interessant. Riah spürte sie jetzt, die Spannung zwischen ihnen. Sie wuchs und dehnte sich aus, während sich die Stille ausdehnte. Riah wäre allein vom Zusehen fast erstickt. Sie hatte nicht bemerkt, dass die beiden wohl eine Vorgeschichte hatten. War sie seine Ex, eine Frau, die ihn erfolglos anhimmelte, oder vielleicht eine heimliche Geliebte? Sie fragte sich, was genau sich hier vor ihren Augen abspielte.

Vielleicht war das der Moment, auf den sich Colin in

den letzten Monaten vorbereitet hatte, nachdem er Riah eingestellt hatte. Alle glauben lassen, dass sie wirklich zusammen wären, und dann Kylee ins Spiel bringen, für etwas Drama oder so.

Riah wollte normalerweise nicht in Familien- und Beziehungsdramen verwickelt werden, aber bei ihrer Arbeit war das unvermeidlich. Wenn Colin allerdings versuchen sollte, sich wegen irgendetwas an Kylee zu rächen, würde Riah gerne mitspielen. Kylee schien keine besonders nette Frau zu sein, und Colin war, trotz ein paar Macken und Unzulänglichkeiten, wirklich ein liebenswerter Typ.

„Du weißt doch, wie deine Mutter ist", sagte Riah. „Sie plant immer so gerne voraus. Wir müssen das aber nicht überstürzen; nicht, wenn wir auch so glücklich sind. Stimmt's, Babe?"

Colin schlang seinen Arm um ihre Taille und zog sie an sich. „Wir haben alle Zeit der Welt", sagte er.

Kylee presste die Lippen aufeinander, öffnete sie dann aber wieder, um einen weiteren Schluck zu trinken. Auch Riah trank, aber nur, um ihr siegreiches Lächeln zu verbergen. Das war ein Sieg für Colin, wie es schien, was auch immer das bedeuten mochte. Sie war einfach nur froh, dass sie ihm hatte helfen können.

„Und wie habt ihr euch kennengelernt?", fragte Kylee.

Das war eine Geschichte, die Colin und Riah schon ausgeheckt hatten, bevor sie sich zum ersten Mal getroffen hatten. Das war Standard für Riah, besonders bei Verträgen, in denen sie für einen längeren Zeitraum als feste Freundin agieren musste, so wie jetzt mit Colin. Dafür brauchte man eine gute Geschichte. Sie musste nicht besonders komplex sein, etwas Einfaches reichte. Solange keine Unstimmigkeiten darin auftauchten, war es egal.

„Riah war im Januar auf der Eisbahn in der Innenstadt

Schlittschuhlaufen", sagte Colin. „Du weißt schon, die, bei dem man den Basketballplatz im Freien über den Winter in eine Eisfläche verwandelt? Wie auch immer, sie lief Schlittschuh, und ich bin einfach an ihr vorbeigegangen, in meine eigenen Gedanken versunken ..."

Die Geschichte ging weiter, und Riah schaltete ein wenig ab und gab sich selbst ihren Gedanken hin. Die Art und Weise, wie sie und Colin ihr Kennenlernen beschrieben, war so einprägsam und romantisch. So war es auch bei all den anderen Geschichten für ihre Kunden. Das lag daran, dass das all die Möglichkeiten waren, wie sie eines Tages selbst einen richtigen Partner finden wollen würde.

Aber sich in hoffnungslos romantische Situationen zu begeben, hatte ihren perfekten Freund noch nicht angelockt. Aber eines Tages würde das geschehen. Sie gab die Hoffnung nicht auf. Wenn sie es sich nur stark genug wünschte, würde es kommen, oder? Das einzige Problem war dieser Job. Er schien nicht mit einer echten Romanze vereinbar zu sein. Sie gab sich jeden Tag mit Herzblut in, ging zu Verabredungen, beeindruckte Familien, tat so, als wäre sie verliebt, obwohl sie nur die wahre Liebe finden wollte.

Vielleicht war in diesem Fall nicht Colin das Problem, sondern sie und ihre Arbeit. Vielleicht war es für sie an der Zeit, sich etwas anderem zuzuwenden. Riah war allerdings niemand, der voreilige Entscheidungen traf. Sie liebte diesen Job immer noch, und es war schwer, sich von etwas abzuwenden, mit dem sie so viel Geld verdiente. Aber es wurde emotional immer anstrengender, und das durfte sie nicht außer Acht lassen.

Später würde Riah ihre beste Freundin Serena anrufen und nach ihrer Meinung fragen müssen. Sie wusste immer, wie sie Riah aus solchen Engpässen heraushelfen konnte.

Den restlichen Abend hindurch spielte Riah ihre Romanze mit Colin weiter. Sie saßen mit seinen Freunden an verschiedenen Tischen – seinen richtigen Freunden, keinen wie Kylee –, tranken zusammen, sangen schlechtes Karaoke, wenn sie dazu aufgefordert wurden, und tanzten.

Riah trank nie viel, wenn sie arbeitete. Wenn sie beschwipst war, neigte sie dazu, Fehler zu machen, und sie durfte nicht riskieren, etwas zu sagen, das irgendjemandem im Leben ihrer Kunden zu verstehen geben könnte, dass sie nicht deren echte Partnerin war. Ein paar Drinks waren in Ordnung, aber Riah kannte ihr Limit und hielt sich daran. Auf diese Weise lief sie auch nicht Gefahr, mit einem ihrer Kunden zu schlafen. Selbst stocknüchtern hatte sie es schon ein paar Mal mit einigen ihrer charmanteren Kunden in Erwägung gezogen, aber sie hatte der Versuchung widerstanden. Das wäre ein konsequenzenreicher Fehler, den sie nicht begehen wollte.

Sie und Colin wiegten sich auf der Tanzfläche zu der langsamen Musik, und er zog sie näher an sich, um ihr Gesicht an seine Schulter zu lehnen. Er war stark und warm, und sein Parfüm enthielt eine angenehme Würze. Aber sie erinnerte sich daran, dass sie praktisch an ihrem Arbeitsplatz war. Das hielt sie davon ab, sich zu sehr hinreißen zu lassen.

Colin legte eine Hand auf ihren unteren Rücken. „Es ist schon spät“, sagte er. „Was hältst du davon, wenn wir nun unser Gespräch führen?“

Er strich mit den Fingern über ihre Wange und sah ihr tief in die Augen. Seine waren hellbraun, gesprenkelt mit Schwarz, aber sie zogen Riah nicht in ihren Bann. Er wollte sie küssen, das wusste sie, aber das durfte sie nicht zulassen.

„Okay“, sagte sie und löste sich von ihm, um nach ihrem Schal zu greifen.

Ein Großteil der Partygäste hatte sich bereits zurückgezogen, einschließlich Kylee, von der Riah sicher war, dass sie die meiste Zeit der Hochzeitsfeier damit verbracht hatte, Riah und Colin anzustarren. Was auch immer ihr Problem war, Riah war froh, dass sie nun weg war. Das war ein weiterer Grund für Riah, Hochzeiten zu meiden. Zu viele seltsame Gefühle tauchten einfach aus dem Nichts auf, und Riah war mittendrin. Das letzte Mal, als sie mit einem Kunden auf einer Hochzeit gewesen war, war das auch passiert. Der Ex-Mann der Braut war versehentlich zur Hochzeit eingeladen worden … Und Riah hatte sich als dessen Freundin ausgegeben, nur um die Braut eifersüchtig zu machen.

Das hatte auch funktioniert, und die ganze Hochzeit war innerhalb einer Stunde implodiert. Riah hatte sich noch nie in ihrem Leben so schrecklich gefühlt. Damals hatte sie darüber nachgedacht, ihren Job als falsche Freundin an den Nagel zu hängen. Er schien diese negativen Gefühle einfach nicht wert zu sein. Aber … am Ende war sie doch dabei geblieben. Jetzt ging sie nur noch auf Hochzeiten, wenn alle Zusammenhänge klar waren.

Sie und Colin fanden eine ruhige Ecke in einem Alkoven ganz hinten im Gebäude, von dem aus man durch ein Buntglasfenster in den Garten schauen konnte, in dem die Zeremonie stattfand. Sie saßen beide auf dem Sims, zunächst schweigend, aber dann drehte sich Colin zu ihr, ein leichtes Lächeln auf den Lippen.

„Ich weiß, du hast gesagt, dass du normalerweise keine Hochzeiten machst“, sagte er, „und ich bin wirklich froh, dass du trotzdem mitgekommen bist. Du hast das Ganze erträglicher für mich gemacht.“

„Du schmeichelst mir, aber das hier war auch für mich eine schöne Feier.“ Riah grinste und dachte an die letzte

Hochzeit, auf der sie gewesen war. „Ich habe es dir nie erzählt, ich weiß, aber die letzte Hochzeit, auf der ich war … Da gab es eine Bridezilla-Situation. Die heutige Braut, Lianne, war einfach wunderbar. Und hinreißend. Ich wünschte, wir hätten mehr mit ihr reden können."

Colin drehte seinen Oberkörper ein wenig, um etwas aus seiner Tasche zu holen. Ein blaues Samtetui. Er fummelte einen Moment an dem Verschluss herum. „Weißt du, du könntest sie besser kennenlernen."

Riah beugte sich erschrocken nach hinten. Hatte sie die Situation völlig falsch eingeschätzt? Sie hatte angenommen, sie würden darüber reden, ihrer Scheinbeziehung ein Ende zu setzen, nicht … nicht … „Colin", brachte sie schließlich heraus, „du bist nicht … das ist nicht …"

Er lachte, nervös. „Nein, oh Gott, nein. Ich mag dich, Riah, aber es ist noch zu früh, um an so etwas denken, auch wenn meine Mutter das gerne sähe." Er reichte ihr die Schachtel, und sie nahm sie zögernd. „Schau mal rein."

Sie öffnete die sie. Zum Glück war darin kein Ring, sondern ein wunderschönes Set diamantener Tropfen-Ohrringe. Darin eingebettet waren runde Saphire, und der Rest drum herum bestand aus einem komplizierten Muster mit winzigen Diamanten. Einfach nur atemberaubend. Riah hatte noch nie so ein wunderschönes Schmuckstück in Händen gehalten, geschweige denn besessen oder getragen.

Die Ohrringe waren einmalig, aber dennoch verkrampfte sich Riahs Magen, je länger sie sie anstarrte. Sie gaben diesem Gespräch eine unangenehme Wendung, auch wenn Colin ihr keinen Antrag gemacht hatte. Sie musste das unterbinden, bevor er auf falsche Gedanken kommen oder sie sich schuldig fühlen würde, wenn sie sich wieder mit ihm treffen sollte. Sie wurde immer im Voraus bezahlt, also musste sie sich nie Sorgen machen, für einen

Tag kein Geld zu erhalten. Geld war momentan jedoch nebensächlich. Das hier war ein sensibles Gespräch, völlig unabhängig von jedweder finanziellen Transaktion, die zwischen ihr und Colin stattfand.

„Colin … “, hob sie an, wusste aber eigentlich gar nicht, was sie sagen sollte. Ihre geplante Rede löste sich in Luft auf.

„Ich weiß, es ist viel“, sagte er und fuhr sich mit den Fingern durch die Haare. „Und es kommt unerwartet, und … es ist gegen deine Richtlinien, aber … Riah, es ist schon lange her, dass ich mich wirklich mit jemandem verbunden gefühlt habe. Ich fände es wirklich schön, wenn wir versuchen könnten, mehr daraus zu machen.“ Er holte tief Luft. „Was ich fragen will, ist, ob du versuchen möchtest, meine echte Freundin zu sein, nicht nur meine vorgetäuschte.“

Seine echte Freundin. Riah schluckte. Sie musste Nein sagen, daran gab es keinen Zweifel. Sie empfand außer Sympathie nichts für Colin, und sie gehörte nicht zu der Art von Frauen, die einen Mann nur wegen seines Geldes verführen konnten. Sich auf Dates einzulassen und dafür bezahlt zu werden, war etwas anderes, als zu versuchen, eine echte Beziehung vorzutäuschen. Außerdem, müsste sie dann nicht ihren Job aufgeben? Sicherlich würde er nicht wollen, dass sie sich von Berufs wegen her mit anderen Männern traf. Ihr Leben würde sich um 180 Grad wenden.

Sie schloss die Samtschachtel und stellte sie auf das Fensterbrett zwischen sie beide. Dann nahm sie seine Hände in ihre.

„Bitte versteh das nicht falsch“, sagte Riah. „Du bist ein toller Mann, Colin, und ich habe es genossen, mit dir auszugehen und Zeit mit dir zu verbringen. Aber du kennst mich nicht …“

Er drückte ihre Hände. „Das ist okay. Darum geht man

doch auf ein Date, oder? Um jemanden besser kennenzulernen. Ich will dich zu nichts drängen. Ich bitte dich nur um ein richtiges Date, nur wir beide, ganz entspannt. Keine Freunde und Familie, vor denen man etwas vorspielen muss. Und wir werden sehen, wie es läuft. Wenn es zu mehr kommt, wäre ich der glücklichste Mann der Welt. Und wenn nicht? Das ist auch in Ordnung."

Riah biss sich auf die Lippe. Es war nie so einfach, wie er es behauptete, und sie wollte keine Erwartungen schüren. Die bestanden bereits zwischen ihnen, weil er schon so lange ihr Kunde war. Ob es nun beabsichtigt war oder nicht, sie würde das Gefühl haben, für ihn etwas leisten zu müssen, und wie sollte sie dann sagen, was ihre wahren Gefühle waren? Nein, sie konnte Arbeit und eine echte Verabredung nicht einfach so vermischen. Das würde nicht gut gehen.

Außerdem war Colin wirklich nicht ihr Typ. Eine echte Beziehung zwischen ihnen wäre sicherlich nicht von langer Dauer.

„Es gibt Dinge, die man besser Träume sein lässt. Und sich einfach nur das ‚was wäre, wenn' vorstellt."

„Ich glaube nicht, dass das hier zu dieser Kategorie gehört. Hast du nicht gesehen, wie gut wir zusammen sind?", fuhr Colin fort. „Gemeinsam haben wir Kylees Sticheleien gemeistert, und sie hatte keine Chance mehr. Ich habe dich nicht einmal darum gebeten."

Daraufhin lächelte Riah. „Ja, das war witzig. Sie ist immer so, nehme ich an."

„Normalerweise sogar noch schlimmer. Sie versucht immer, etwas zu finden, um sich über die Beziehungen anderer Leute lustig zu machen, weil sie keine richtige mehr hatte, seit sie und ich uns vor fünf Jahren getrennt haben."

Riah schüttelte den Kopf. Sie hatte gespürt, dass sie

früher etwas miteinander gehabt hatten. Sie hatte gute Instinkte. Zwar hatte Kylee auch noch etwas an sich, das Riah nicht so recht deuten konnte, aber, na ja, es war nicht ihr Problem.

„Ich gebe zu, wir sind vielleicht ein gutes Team, aber das reicht nicht für eine Beziehung. Es braucht etwas … mehr."

Colin beugte sich näher zu ihr. Riah saß mit dem Rücken an der Wand, und er war so nah, dass sie sein Atem an der Nase kitzelte. Obwohl sie sich zusammenriss, schlug ihr Herz etwas schneller, aber nur ein bisschen. Er strich ihr eine Haarsträhne aus dem Gesicht.

„Gibt es hier nicht noch mehr?", flüsterte er. „Sollten wir es nicht versuchen?"

Riah stockte der Atem, und es kostete sie viel Willenskraft, ihren Blick nach unten zu senken. „Das finde ich nicht. Und du verdienst so viel mehr als ein ‚mal sehen'."

Er lehnte sich zurück und seufzte. „In Ordnung, ich verstehe", sagte er. Er hob die Samtschachtel auf und drückte sie ihr in die Hand. „Behalte sie als Erinnerung an unsere gemeinsame Zeit. Ich möchte nicht, dass jemand anderes sie bekommt."

Riah nahm die Schachtel zögernd an. Sie sollte das nicht tun, aber sie wollte seine Gefühle nicht noch mehr verletzen.

„Danke", sagte sie und rutschte vom Sims. Und, weil sie das Gefühl hatte, dass es das Richtige war, umarmte sie ihn. „Du wirst die richtige Frau für dich finden. Ich weiß es. Ich glaube nur nicht, dass ich es bin."

Colin schüttelte traurig den Kopf und sagte nichts, als Riah wegging. Sie konnte sich des Gefühls nicht erwehren, dass sie ihm das Herz gebrochen hatte, auch wenn er es ziemlich gut zu verbergen suchte. Sie drückte die Ohrringschachtel an ihre Brust. Sie hatte das Richtige getan. Es wäre schlimmer gewesen, mit ihm auszugehen und dann mit ihm Schluss zu machen.

Sie hoffte, dass Colin eines Tages wirklich die richtige Frau finden würde. Er verdiente jemanden, den er hemmungslos lieben und verwöhnen konnte. Und auch Riah hoffte, dass sie eines Tages die wahre Liebe finden würde. Es war nur eine Frage der Zeit, sagte sie sich immer wieder.

3

LIAM

Liam startete das Video. Dann stoppte er es und ließ es wieder laufen. Dabei machte er sich exakte Notizen über jedes erwähnenswerte Detail. Das hier war eine Weitwinkelaufnahme vom oberen Balkon der Blackfall Centennial Hall, wo sich mehrere der Claws-Anführer in nur einer Woche treffen würden – und wo Liam sich reinschleichen und in aller Öffentlichkeit Informationen sammeln würde.

In diesem Video, das er gerade im Internet gefunden hatte, nutzte man den weitläufigen Raum als Bankettsaal, mit in gleichmäßigen Abständen aufgestellten Tischen für Hunderte von Gästen. In einem anderen Video und auf verschiedenen Fotos wurde der Saal für Tanzveranstaltungen, Hochzeiten und verschiedene andere Events genutzt. Liam schaute sich jedes verfügbare Filmmaterial von der Halle an und nutzte dies, um sich ein umfassenderes Bild von dem Ort zu machen, bevor er einen Fuß hineinsetzen würde.

Von der oberen Etage, die teilweise die erste überblickte, hatte man einen besseren Blick auf die Bühne darunter.

Manchmal wurde die Bühne mitgenutzt, manchmal nicht. Die Nachforschungen der letzten Tage durch Spione und Agenten, die für InnoCell arbeiteten, hatten Informationen über das, was bei der Veranstaltung passieren sollte, hervorgebracht. Anfangs hatten sie nichts gewusst, aber nun hatten sie ein ganz gutes Bild davon, was sie erwarten würde.

Es sollte, wie sich herausstellte, kein rein gesellschaftliches Ereignis sein. Die Claws trafen sich mit einem bekannten Artefakt-Händler von der Ostküste, der wegen einer angeblich streng geheimen Auktionsreihe in der Stadt war. Magische Artefakt-Auktionen, um genau zu sein. Liam hatte aufgestöhnt, als er das gehört hatte. Warum waren die Claws nur so besessen von magischen Artefakten?

Gut, InnoCell war in dieser Hinsicht nicht viel anders, aber es gab so viele Möglichkeiten, die Welt zu verwüsten, ohne mächtige, gefährliche, von alten Zivilisationen hinterlassene, magische Objekte auszugraben. War das nicht einfach ein bisschen zu viel Aufwand? Aber was wusste Liam schon? Er war nicht der Artefakt-Experte. Das war Michael Koffs Job. Liam würde ihn vielleicht auf den neuesten Stand der Claws-Aktivitäten bringen müssen, je nachdem, was er bei der Auktion finden würde. Michael würde wissen wollen, welche weiteren Artefakte in ihrer Stadt im Umlauf waren.

Es war eine Vorahnung, dass direkt vor ihrer Nase Schwarzmarkt-Deals stattfanden. Sie dachten, sie hätten es unterbunden, aber scheinbar mussten er und Michael erneut planen, wie sie das Ganze stoppen konnten.

Bevor das jedoch geschehen konnte, musste Liam das Event auskundschaften und, wenn möglich, herausfinden, hinter welcher Art von Artefakt die Claws her waren. Wenn es nichts Gefährliches war, dann brauchten er und InnoCell sich vielleicht gar nicht einzumischen. Vielleicht waren die Claws zur Einsicht gekommen und hatten ihre kriminellen Machenschaften aufgegeben. Das war zu bezweifeln, aber es schadete nicht, ein wenig Hoffnung zu haben.

Liam verbrachte mehrere Tage lang viele Stunden damit, Details aus den Videos und Fotos in seine Kopien des Bankettsaals einzuzeichnen. Und schließlich hatte er ein so genaues Bild der Halle, möglicher Fluchtwege, Sackgassen und Verstecke, dass er in der Lage sein würde, sich und seinen ahnungslosen Gast in Sicherheit zu bringen, sollte das nötig sein.

Nun musste er sich der Angelegenheit widmen, die er seit ein paar Tagen vermieden hatte, seit er Dannys Zustimmung erhalten hatte: die Entscheidung, wer dieser ahnungslose Gast sein sollte. Sie hatten bereits entschieden, dass es niemand von InnoCell sein durfte. Auch niemand, der sonst wie mit ihnen in Verbindung gebracht werden könnte. Es war zu riskant, jemanden einzuladen, den die Claws erkennen könnten. Der Grund, warum Liam nicht in Gefahr war – trotz seiner hohen Position in der Firma –, war der, dass ein Teil seiner Magie darin bestand, sich unkenntlich zu machen und verstecken zu können. Er würde garantiert niemandem auffallen, wenn er das nicht wollte.

Es war ein Trick, den er sich angeeignet hatte, als er jünger gewesen war und versucht hatte, sich vor Danny und Richter zu verstecken, die normalerweise die Wilderen innerhalb ihrer ungewöhnlichen Gruppe von Drachen-Gestaltwandlern waren. Liam hatte normalerweise nicht so viel Energie wie die beiden, also hatte er gelernt, sich zu tarnen, um nicht mit ihnen mitgehen zu müssen. Manchmal hatte er sich sogar völlig unkenntlich gemacht, wenn sie in einer Bar, einem Klub oder auf einer Party gewesen waren. Es war eine Fähigkeit, die ihm jetzt sehr zugutekommen würde.

Liam gab seinen Plänen den letzten Schliff, aber hauptsächlich deshalb, um sich vom Herumtelefonieren und der Suche nach einem Date abzuhalten. Er wünschte, er könnte einfach allein hingehen, aber bei formellen Veranstaltungen wie dieser neigten wohlhabende Männer, die an teuren Dingen interessiert waren, dazu, eine schöne Frau neben sich zu haben. Er würde deplatziert wirken, wenn er niemanden mitbrächte.

Es war nicht so, dass er keine Begleiterin haben wollte. Nur war es zu gefährlich. So war seine Arbeit eben. Kein Wunder, dass er schon so lange keine feste Freundin mehr gehabt hatte, wenn er sich immer Sorgen um ihre Sicherheit machen musste.

Er drückte die Schultern durch, seufzte und beschloss schließlich, dass es einfach hinter sich zu bringen. Er war sich nicht ganz sicher, wie er jemanden, den er kaum kannte, davon überzeugen sollte, mit ihm zu dieser Veranstaltung zu gehen. Aber er musste es versuchen. Er wählte die Nummer des ersten Namens auf der Liste.

„Hi, Cindy, ich wollte fragen, ob du am Samstagabend Zeit hast …", hob er an, wurde aber sofort unterbrochen.

„Ich bin jetzt verheiratet. Tut mir leid, Süßer. Wer rastet, der rostet."

Und dann Carolyn: „Habe an diesem Tag schon was vor, viel Spaß!"

Und Suzanne: „Ich mag keine großen Partys. Zu viele Leute, weißt du?"

Jede, die seinen Anruf entgegennahm, schien irgendeine Ausrede zu haben, um ihn nicht begleiten zu müssen. Und bei der Hälfte seiner Anrufe ging die Mailbox ran. Obwohl er nicht erwartet hatte, dass irgendjemand zustimmen würde, mit ihm auszugehen, wurde Liam zunehmend frustrierter darüber, wie schwierig sich das Ganze gestaltete. Es sollte doch nicht so schwer sein, an ein Date zu kommen. Normalerweise wurde er oft gefragt, ob er mit jemandem ausgehen wollte. Aber seit er sich wieder auf die Claws konzentriert hatte, schienen alle beschäftigt oder nicht mehr interessiert zu sein. Es war, als hätten sie sich alle verschworen, um es ihm so schwer wie möglich zu machen, ein Date zu bekommen. Eher unmöglich.

Ein paar der Frauen hatten wahrscheinlich Nein gesagt, weil sie ihn nicht so gut kannten oder nicht interessiert waren. Aber es kam ihm dennoch seltsam vor, dass er kein Glück hatte. Nach unzähligen Telefonaten, bei denen er alle Frauen, die er kannte, kontaktiert hatte, waren ihm die potenziellen Kandidatinnen ausgegangen, und er stand wieder am Anfang. Er wusste, dass er ein Date brauchte, war aber nicht in der Lage gewesen, eines zu finden.

Das war nicht schlimm. Er hatte noch ein wenig Zeit, um jemanden zu finden. Da er sie wegen der nötigen Geheimhaltung nicht über seine Mission informieren musste, konnte er auch in letzter Minute ein Date finden. Hauptsache, es klappte am Ende.

Es klopfte an seiner Bürotür, und er sah auf, als sie aufging. Richter mit seinem mittellangen schwarzen Haar, den grauen Augen und gerunzelter Stirn schaute auf Liam herab. Also würde Liam seine Suche vorerst beenden müssen.

Richter sah … müde aus. Er hatte dunkle Ringe unter den Augen, und sein marineblauer Blazer war zerknittert, als hätte er ihn als Kopfkissen benutzt, nicht als Kleidungsstück. „Du wolltest mit mir reden?“, fragte er.

Er war der Leiter der Abteilung für Finanzen und Investitionen, verantwortlich für die Verwaltung des enormen

Reichtums von InnoCell. Als Eisendrache hatte er die Macht, Edelmetalle zu verändern und zu finden, was während der Anfänge des Unternehmens die Haupt-Einnahmequelle für InnoCell gewesen war. Seine Arbeit, auch wenn diese – wie diejenige von Liam – im Verborgenen blieb, ließ InnoCells Visionen Wirklichkeit werden.

Von allen Drachen-Gestaltwandlern, die das Unternehmen leiteten, war er allerdings so etwas wie das schwarze Schaf. Er verfügte über ein hohes Maß an Leidenschaft, ließ sich jedoch auch schnell entmutigen. Und er hatte eine dunkle Seite, die keiner der anderen – bis auf Liam – zu verstehen versucht hatte. Liam war sich nicht sicher, ob er und Richter einander wirklich so gut verstanden, wie sie es verdienten. Das konnte nur eine Gefährtin, und weder er noch Liam hatte die ihre gefunden.

„Äh, ja." Liam kratzte sich am Kopf und schob seine Überlegungen bezüglich Fluchtplänen, Terminen und Datensammlungen beiseite. „Ich wollte mit dir über das Budget für die Veranstaltung sprechen, an der ich nächste Woche teilnehme."

„Nur für die Teilnahme an einer Veranstaltung? Für so etwas müssen wir normalerweise kein Budget bereitstellen", erwiderte Richter lachend. „Es sei denn, wir beide haben vor, deren Bar auszuräumen."

„Genau genommen handelt es sich um eine Auktion." Liam schüttelte den Kopf. Normalerweise würden er und Richter ein paar Witze über Partys machen, aber nicht diesmal. Er sorgte sich darum, alles richtig erfasst zu haben und den Abend zu überstehen, ohne sich oder sein Date in Gefahr zu bringen. „Ich habe nicht vor, etwas Unbedeutendes zu kaufen, aber ich gehe undercover hin, und wenn ich nicht wenigstens versuche, etwas zu ersteigern, kommt das verdächtig rüber."

„Eine verdeckte Auktion, hm? Ich hatte schon immer eine Vorliebe für Schwarzmärkte. Das Ganze hat immer etwas Geheimnisvolles und Amüsantes an sich, wenn man weiß, dass man es nicht tun darf.“ Richter lehnte sich gegen den eleganten schwarzen Stuhl vor Liams Schreibtisch. „Über welche Art von Ware reden wir denn? Danny würde dir nie erlauben, etwas Interessantes zu kaufen, nehme ich an. Ich wollte schon immer ein eigenes Feenpferd haben.“

Liam lächelte darüber. Richter hatte ein unerklärliches Faible für magische Kreaturen. Feenpferde verfügten über Feenflügel und eine unvergleichliche Anmut. Außerdem konnten sie sich rasend schnell fortbewegen. „Magische Artefakte. Ich bin mir allerdings nicht sicher, welcher Art.“

Daraufhin runzelte Richter die Stirn. „Oh, das ist natürlich etwas anderes.“

„Warum?“

„Warst du schon mal auf einer Schwarzmarkt-Artefakt-Auktion?“

„In der Regel habe ich mit den Schattenseiten der magischen Welt nichts am Hut“, antwortete Liam, nun leicht verärgert. „Ich habe wirklich Besseres zu tun.“

„Sag das nicht, Liam, sonst muss ich noch denken, dass du auf deine alten Tage langweilig geworden bist. Außerdem muss doch jemand die Drecksarbeit erledigen, vor der ihr anderen zu viel Angst habt und von der ihr euch lieber fernhaltet. Man kann eine Menge von den Schattenseiten lernen.“

„Worauf willst du hinaus?

„Nun, einmal habe ich diesen Sukkubus zu einer ...“

„Ich meinte“, unterbrach ihn Liam, „bezüglich der Auktion.“

Richter gluckste. „Gut, gut. Michael hat mich einmal mitgenommen, vor vielen Jahren. Da hatten wir versucht, diese Aktivitäten in Blackfall zu unterbinden. Als die Claws sie zum ersten Mal genutzt haben, um ihr Waffenarsenal aufzustocken. Du findest, dass die Millionen, die wir für die Artefakte zahlen, die wir durch legitime Quellen gefunden haben, oder die neuen, hochmodernen Kreationen, übertrieben sind? Man kann nicht zu einer dieser Schwarzmarkt-Auktionen gehen, ohne weniger als ein paar Hundert auszugeben."

„Ein paar Hundert sind doch nicht zu viel", sagte Liam.

„Ein paar Hundert *Millionen*. Manchmal sogar Milliarden. Pro Artefakt." Richter neigte den Kopf zur Seite und grinste. „Diese kriminellen Typen kleckern nicht mit Kleingeld rum. Es ist ihre Zeit nicht wert, wenn der Preis nicht mindestens sechs Nullen enthält. Und je nachdem, wie viele Leute da sind, kannst du *nicht* einfach wieder gehen, ohne etwas gekauft zu haben. Man kommt dann geizig rüber, oder, noch schlimmer, als ob man nicht dort hingehörte."

„Noch nie hat mich jemand so sehr davon überzeugen wollen, Hunderte von Millionen von Firmen-Dollar auszugeben", sagte Liam.

Er lehnte sich in seinem Stuhl zurück und musterte Richter eindringlich. Dieser sah aus, als wäre er froh, über seine Erfahrungen sprechen zu können. Liam vermutete, dass er nicht viele Gelegenheiten hatte, in einem beruflichen Kontext über die dunkleren Seiten der magischen Gemeinschaft zu sprechen.

„Ihr tut alle so, als müssten wir sparsam mit unserem Reichtum umgehen. Aber wozu?", fragte Richter. „Ich kann einfach mehr machen, und mehr, und mehr ... Wir geben es aus, wir helfen der hiesigen Gemeinschaft, wir helfen uns selbst, unsere Leben werden angenehmer. Was hat es für einen Sinn, ewig zu leben, wenn wir bei dem Versuch, die Welt vor sich selbst zu retten, nicht ab und zu auch ein wenig Spaß haben? Die ganze Zeit ein Held zu sein, ist anstrengend."

„Das glaube ich gerne, Richter, aber wir reden hier von den Claws. Die sind unberechenbar."

„Komm schon, sag das nicht. Du bist einer der mutigsten Männer, die ich kenne. Niemand sonst ist für diese gefährliche Arbeit, der du dich jeden Tag aussetzt, geeignet. Niemand sonst hat so viel mit den Claws zu tun gehabt wie du. Du schaffst das schon."

„Bezüglich des Budgets. Was schlägst du vor?", fragte Liam und lenkte das Gespräch wieder auf das eigentliche Thema. „Wenn du keine Angst hast, dass ich dein hart verdientes Geld ausgebe."

„Drei Milliarden."

„Drei Milliarden?", rief Liam. „Ich glaube nicht, dass ich auch nur annähernd so viel ausgeben werde."

„Wahrscheinlich nicht, aber wenn es sich um die Claws handelt, hättest du vielleicht gerne das nötige Geld, um sie notfalls bei etwas Großem und Gefährlichem zu überbieten."

„Genau, gute Idee. Ich danke dir. Dann also drei Milliarden."

Drei Milliarden waren, realistisch betrachtet, nur eine winzige Delle in den Rücklagen, die InnoCell für solche Zwecke beiseitegelegt hatte, aber es war mehr, als Liam jemals hatte ausgeben wollen. Er hoffte, dass die Claws nicht auf etwas so Teures bieten würde. Genauso wie das Nicht-Bieten oder Kaufen von etwas unerwünschte Aufmerksamkeit auf ihn lenken würde, würde das Ausgeben von zu viel Geld genau das Gleiche tun.

Selbst in der magischen Welt hatte das Durchschnittswesen nicht einfach Milliarden von Dollar herumliegen, um sie auf Schwarzmarktauktionen auszugeben. Was auch immer Liam tat, er musste vorsichtig sein. Es stand schließlich nicht nur sein Leben auf dem Spiel, oder der Ruf der Firma.

„Du siehst immer noch besorgt aus“, sagte Richter. „Wegen des letzten Angriffs der Claws? Du hattest das alles doch unter Kontrolle.“

„Nicht um mich mache ich mir Sorgen. Ich soll ein Date zur Auktion mitnehmen, um nicht aufzufallen, aber ... es muss jemand sein, der von dem Ganzen nichts weiß.“

„Und du hast noch nie eine Mission ausgeführt, ohne deine Partner auf die damit verbundenen Risiken vorzubereiten“, sagte Richter. „Das verstehe ich. Aber das hier ist wichtig, richtig? Und wie ich dich kenne, hast du zahlreiche Nachforschungen angestellt und dich akribisch vorbereitet. Wen auch immer du mitnimmst, du wirst in der Lage sein, sie in Sicherheit zu bringen. Falls du dir dennoch Sorgen machst, könntest du jemanden fragen, der etwas besser gewappnet ist. Hast du Margo oder Cynthia gefragt? Sie gehen beide zum Jiu-Jitsu-Kurs.“

Liam verschränkte die Arme und versuchte, so neutral wie möglich auszusehen. „Das ist das Problem. Jede, die ich gefragt habe, hat schon etwas vor oder will nicht mitgehen.“

„Hm. Liam Sallow ist nicht in der Lage, ein Date für ein hochklassiges Event wie dieses zu finden? Das wundert mich etwas. Ich dachte, Frauen mögen geheimnisvolle, gefährliche Männer wie dich. “

„Offenbar gilt das nicht für mich.“

Liam hatte sich das *gegebenenfalls* selbst zuzuschieben, denn er war vielleicht nicht besonders höflich gewesen und hatte auch nicht viel über das fragliche Ereignis verraten. Aber er hatte trotzdem mit ein paar Zusagen gerechnet. Vielleicht war er doch nicht so gut im Umgang mit Frauen, wie er gedacht hatte.

„Wenn du wirklich niemanden mehr hast, dann schau doch auf der LovelyGirls-Website nach“, schlug Richter vor.

„Das ... das klingt wie eine Porno-Seite.“

„Wundert mich nicht, dass du das denkst.“ Richter ging um den Schreibtisch herum, klappte Liams Computer auf und öffnete die Website. Deren Titelseite war eine angenehme Mischung aus Blau- und Schwarztönen, stilvoll und ... überhaupt nicht pornomäßig. „Das ist eine Seite, auf der man eine falsche Freundin anheuern kann. Einmal, zweimal, ein paar Monate, was immer du brauchst.“

„Das ist ein ungewöhnlicher Service. Woher weißt du, dass es etwas Seriöses ist?“, fragte Liam, obwohl er bereits von der Idee fasziniert war.

Auf der Website stand unter anderem:

Einsam? Sie wollen jemanden zum Reden? Sie möchten Ihre Familie und Freunde beeindrucken?

Überspringen Sie die stressige Partnersuche, gebrochene Herzen und die jahrelange Suche nach dem perfekten Menschen. Buchen Sie noch heute ein LovelyGirl! Unsere professionellen Fake-Freundinnen werden Ihre Freunde und Familie bezaubern und jeden glauben lassen, dass Sie in einer glücklichen, liebevollen Beziehung sind. Alle unsere LovelyGirls sind zertifiziert, sehr attraktiv, humorvoll und in der Lage, Ihnen eine gute Zeit zu bescheren!

Bitte beachten Sie, dass unsere LovelyGirls keinen Begleitservice anbieten. Dafür besuchen Sie bitte ...

„Ich habe es ein paar Mal ausprobiert, zum Spaß, weißt du“, sagte Richter. „Hatte nie irgendwelche Probleme. Ich telefoniere immer noch ab und zu mit den netten Ladys, die ich getroffen habe.“

Liam nahm ihm das jedoch nicht ab. Richter hatte sich immer eine Gefährtin gewünscht, mehr als jeder andere Drachen-Gestaltwandler bei InnoCell. Er hatte schon so oft gedacht, dass er die richtige Frau für sich gefunden hätte, nur um dann festzustellen, dass das doch nicht der Fall war. Wahrscheinlicher war, dass er den Service ausprobiert hatte, weil er die Hoffnung auf die wahre Liebe aufgegeben hatte. Dann hatte er jedoch gemerkt, dass das kein richtiger Ersatz war.

„Das sieht aus, als könnte es funktionieren", sagte Liam. „Danke für den Tipp."

Richter verließ daraufhin das Büro und Liam erstellte seinen Account auf eigene Faust. Liam würde nicht in die gleiche Falle tappen wie Richter, wenn es darum ging, jemanden für eine Scheinbeziehung anzuheuern. Liam brauchte nicht einmal jemanden, mit dem er eine Beziehung vortäuschen müsste. Aber eine professionelle Schein-Freundin wäre für diejenigen, die sie auf der Veranstaltung kritisch beäugten, glaubwürdiger als jemand, den Liam nur als Begleitung mitgenommen hatte.

Er scrollte durch die Website, gab sein Gesuch auf und hoffte auf das Beste.

4

RIAH

Riah saß an ihr Bett gelehnt, den Nacken an die Matratze gedrückt. Heute war einer ihrer wenigen freien Tage, und den brauchte sie auch nach dieser anstrengenden Hochzeit. Es war allerdings ein wenig seltsam, zuzugeben, dass es nicht die Hochzeit gewesen war, die sie ausgelaugt hatte ... sondern sie selbst. Es waren Tage vergangen, und sie hatte immer noch ein schlechtes Gewissen, weil sie Colin abgewiesen hatte.

Sie drückte ihr Handy ans Ohr und starrte aus dem Fenster. Zwei Tauben tranken aus dem Vogelbrunnen in ihrem Garten.

„Du musst dich deswegen nicht so schuldig fühlen“, sagte Serena, Riahs beste Freundin, am Telefon. „Du hast nur deinen Job gemacht, wie man es von dir erwartet hat. Es ist nicht deine Schuld, dass du verdammt gut darin bist.“

Riah seufzte. „Ich weiß, aber manchmal habe ich das Gefühl, dass diese Art von Arbeit die Männer vergessen lässt, dass wir nicht wirklich zusammen sind. Dann sind sie durcheinander, oder ... Ich weiß nicht, ich frage mich nur, an welchem Punkt ich nur meinen Job mache und an welchem Punkt ich sie manipuliere."

„Es ist ja nicht so, dass du auf ein Date gehst und dabei darüber nachdenkst, wie du ihnen den Kopf verdrehen kannst, oder?"

„Natürlich nicht, da würde ich mir schäbig vorkommen."

Serena lachte. „Dann machst du dir nur das Leben schwer. Du tust so, als wärst du ein schlechter Mensch, aber das bist du ganz und gar nicht. Du hilfst ein paar einsamen Männern, indem du mit ihnen eine schöne Zeit verbringst."

Eigentlich war es mehr als das, aber Riah war sich nicht sicher, wie sie es ihrer besten Freundin sonst erklären sollte. Obwohl Serena recht hatte, dass Riah kein schlechter Mensch war, fiel es ihr schwer, ihr schlechtes Gewissen einfach abzustellen. Sie kam sich vor, als würde sie durch ein Minenfeld aus Emotionen navigieren, und jeden Augenblick könnte eine Bombe losgehen. Aber wie sollte sie das Serena erklären, die ein bisschen eifersüchtig war, dass Riah dafür bezahlt wurde, mit reichen, gut aussehenden Männern auszugehen?

„Mein letzter Kunde hat mir ein Geschenk gemacht", sagte Riah.

„Und? Ich dachte, Geschenke sind bei deinen Stammkunden üblich?", fragte Serena unbeeindruckt.

Riah hielt sich das Handy vom Ohr weg, drehte sich zur Seite und nahm die blaue Samtbox von ihrem Nachttisch. Sie machte ein Foto von den Ohrringen und schickte es an Serena.

„Ich habe dir gerade ein Bild geschickt. Darauf siehst du, was das Problem ist."

Einen Augenblick später keuchte Serena auf. „Was – er

hat dir die geschenkt? Das ist ja fast ein Verlobungsgeschenk! Wow, sie sind wunderschön!“

„Ja, ich war völlig hin und weg, allerdings nicht auf eine positive Art. Ich finde sie auch wunderschön, aber ich schwöre, ich dachte, er würde mir während der Hochzeitsfeier einen Antrag machen. Ich war entsetzt.“

„Jetzt verstehe ich, warum du so down bist. Ein Antrag nach nur vier Dates? Er muss stinkreich sein.“

Colin hatte zwar tatsächlich viel Geld, aber Riah versuchte, ihre Kunden nicht als wandelnde Bankkonten zu betrachten. Sie waren Menschen, hatten Gefühle und Pläne, die allerdings nicht immer mit den ihren kompatibel waren. Zugegeben, es gab Zeiten, in denen sie sie überhaupt nicht verstand. Aber es war Teil ihres Jobs, mit ihren Kunden zu reden, sie besser kennenzulernen, ihnen ihre Sorgen zu nehmen. Nicht nur hübsch auszusehen.

„Ich habe ihm sehr deutlich gesagt, dass ich nicht daran interessiert bin, mich ernsthaft mit ihm zu verabreden oder zu einem weiteren Fake-Date zu gehen“, sagte Riah. „Aber er hat darauf bestanden, dass ich die Ohrringe behalte. Ich habe langsam das Gefühl, dass das keine gute Entscheidung war. Was, wenn er sich etwas davon verspricht?“

„Mach dir nicht so viele Gedanken deswegen. Er war doch nicht aggressiv, oder?“

„Im Vergleich zu anderen Kunden war er eigentlich ziemlich angenehm. Das bedeutet aber nicht, dass es nicht dennoch negative Konsequenzen für mich hat.“

Die Tauben flogen von der Tränke davon und hinterließen einen stillen Garten. Weder Mensch noch Tier waren in dieser unerbittlichen Sommerhitze draußen. Riah war noch nie so dankbar für ihre Klimaanlage gewesen. Die Hitze erschöpfte sie, aber es war nicht nur das. Es war auch ihr Job, der sie langsam zermürbte.

„Ich habe den Eindruck, als müsste ich jede zweite Woche einen Kunden abwimmeln, weil er auf falsche Gedanken gekommen ist und vergessen hat, dass er mich dafür bezahlt, mit ihm auszugehen“, fuhr Riah fort. „Deshalb möchte ich mir nun einen anderen Job suchen.“

„Was!“, rief Serena. „Sei nicht albern. Man gibt seinen Job nicht auf, weil man zu *gut* darin ist. Wo würdest du überhaupt stattdessen arbeiten? Schließlich warst du nicht auf dem College.“

Riah schluckte ihre Verärgerung hinunter. Nein, sie war nicht auf dem College gewesen wie Serena.

„Ich kann es mir jetzt leisten, aufs College zu gehen, was ich vorher nicht konnte“, erwiderte Riah. „Oder vielleicht finde ich einen anderen Weg, meine Fähigkeiten einzusetzen. Ich weiß es noch nicht. Es ist ja nicht so, dass ich mich nicht eine Zeit lang über Wasser halten und mir etwas gönnen könnte. Ich wollte schon immer mal nach Hawaii.“

„Nichts hindert dich daran, deinen Job zu behalten und nach Hawaii zu gehen“, sagte Serena. „Du magst doch nach wie vor all die positiven Seiten deines Jobs, oder?“

„Ja, natürlich. Der schauspielerische Aspekt daran macht immer noch Spaß, und ich mag es, dass mein Kunde und ich dieses kleine Geheimnis haben, während wir mit anderen Leuten zusammen sind. Aber wenn sie plötzlich Gefühle entwickeln, wird es rasch anstrengend, denn ich darf die Kunden *niemals* verärgern, egal was passiert. Das ist manchmal gar nicht so einfach.“

„Es gibt Mittel und Wege, wie du das Positive behalten und das Schlechte vermeiden kannst.“

Riah setzte sich auf und lehnte sich gegen ihre rosa Kissen. Sie wollte nicht wirklich kündigen. Sie machte sich nur Sorgen darüber, wie sich diese Bedenken auf ihre Arbeit auswirken könnten. Wenn sie immer Angst haben müsste, dass sich ihre Kunden in sie verlieben könnten, wäre sie ihre Arbeit bald wieder leid. Also brauchte sie erst gar nicht weiterzumachen. Aber sie war neugierig geworden.

„Was meinst du?“, fragte sie.

„Was du brauchst, ist eine Pause. Du musst nicht aufhören.“

Riah runzelte die Stirn. „Eine längere Pause wäre schön, aber danach ist alles wieder beim Alten. Ich brauche eine dauerhaftere Lösung.“

„Vielleicht, äh ...“ Serena hielt ein paar Sekunden lang inne. „Oh! Du kannst dich für kürzere Zeiträume engagieren lassen. Zum Beispiel nur ein oder zwei Wochen oder für einmalige Events. Normalerweise kommt es bei den längeren Aufträgen zu Problemen, richtig?“

Bei dieser Andeutung leuchtete Riahs Gesicht auf. „Das ist es! Warum ist mir das nicht selbst eingefallen? Ich könnte nur noch kurzfristige Verträge eingehen, sodass nicht mehr die Gefahr besteht, dass sich jemand über längere Zeit hinweg in mich verliebt.“

„Ganz genau“, bestätigte Serena. „Ich sagte dir doch, dass du nicht aufhören musst.“

„Du hast wie immer recht.“

„Ich bin froh, dass ich dir helfen konnte, aber ich muss los. Mein Chef ist nicht besonders glücklich darüber, dass ich eine *richtige* Mittagspause mache, anstatt einfach durchzuarbeiten, wie ich es sonst immer tue. Wir hören uns!“

Riah legte auf und legte ihr Handy neben sich. Sie holte ihren Laptop unter ihrem Bett hervor, fuhr ihn hoch und öffnete die LovelyGirls-Website. Sie gab in ihrem Profil an, dass sie nur noch kurze Engagements von weniger als einem Monat machen würde, vorzugsweise nur ein oder zwei Treffen. Ein paar Klicks, ein bisschen Text hier und da umschreiben und ... fertig!

Es war erstaunlich, wie schnell Riah sich besser fühlte. Sie hatte immer noch ein paar Kunden, um die sie sich Sorgen machte, denn sie wollte keine Termine absagen, die sie bereits geplant hatte. Aber danach würde sie ihnen kündigen. Jetzt musste sie neue Kunden finden, für die sie künftig kurzzeitig arbeiten würde.

Sie würde bei einmaligen Engagements wahrscheinlich nicht so viel verdienen, da ihr ihre langfristigen Kunden normalerweise zusätzliche Geschenke machten oder ihr Trinkgeld gaben. Ihr würden die Pralinen und die Wellness-Reisen und der Schmuck fehlen. Aber da sie im Gegenzug mehr Seelenfrieden bekommen würde, war es das wert. Ohne diese kleinen Extras konnte sie gut leben. Außerdem wurde sie im Schnitt höher bezahlt als die meisten, da sie exzellente Bewertungen hatte.

Riah streckte sich auf ihrem Bett aus und war deutlich entspannter als vor ihrem Anruf mit Serena. Am Ende würde alles gut werden, so oder so. Wenn nicht, könnte sie immer noch über Alternativen nachdenken, einschließlich das College.

Obwohl die Möglichkeiten endlos waren, war sich Riah allerdings nicht sicher, was sie sonst tun sollte. Was würde ihr sonst noch Spaß machen? Bestimmt gab es etwas. Aber ihr fiel nichts ein, egal, wie viel sie nachdachte. Etwas mit Menschen, aber kein stressiger Job wie im Einzelhandel. Immobilienmaklerin wäre vielleicht keine schlechte Wahl, aber sie hatte keine Ahnung davon.

Sie schob den Gedanken erst einmal beiseite. Es war ja nicht so, dass sie vorhatte, in nächster Zeit den Job zu wechseln. Schließlich hatte ihr Serena einen tollen Tipp gegeben. Die Website hatte eine Suchfunktion für verschiedene

Jobs, also scrollte sich Riah durch die Angebote, auf der Suche nach etwas, das sie interessierte. Ein paar klangen nicht schlecht, und die Männer sahen nett aus. Aber Riah wollte noch weitersuchen. Eine Verabredung zum Geburtstag. Wieder eine Hochzeit. Ein College-Treffen. Ein geschäftliches Abendessen.

Geburtstage machten Spaß, und die Erwartungen waren in der Regel niedrig, denn der Kunde wollte meist nur ein einziges Abendessen oder jemanden, mit dem er vor seinen Freunden angeben konnte. Riah merkte sich das für später.

Ein weiterer Vorteil dieser Lösung bestand darin, dass sie vielleicht endlich Zeit hätte, eine *richtige* Beziehung einzugehen. Aus wahrer Liebe. Ihr Herz schlug bei dem Gedanken etwas schneller. Vielleicht könnte sie die Heldin ihrer eigenen Romanze werden. Sie wünschte sich jemanden, den sie über alles liebte, der ihr das Gefühl gab, etwas Besonderes zu sein – allerdings auf die richtige Art und Weise.

Sie hatte allerdings schon so lange als falsche Freundin gearbeitet, dass sie nicht wusste, wo sie mit der Suche nach einem echten Date anfangen sollte. Es gab natürlich Online-Dating, aber wie wahrscheinlich war es, dass sie auf diese Weise die wahre Liebe finden würde? Der Grund, warum die Leute falsche Freundinnen anheuerten, bestand oftmals darin, dass sie die unangenehmen Seiten des Online-Datings vermeiden wollten. Nachdem sie so viele Horrorgeschichten gehört hatte, war sie nicht sicher, ob sie sich da hineinstürzen wollte. Aber wenn sie dort doch die wahre Liebe finden würde? Vielleicht sollt sie es einfach versuchen. Natürlich erst, nachdem sie ein paar andere Optionen in Betracht gezogen, ausprobiert und verworfen hatte.

Die LovelyGirls-Seite aktualisierte sich, und ganz oben

war eine brandneue Anzeige erschienen. „Ein Rendezvous für eine Auktion“ stand da. Eine Auktion? Hm, das musste eine ziemlich hochklassige Auktion sein, wenn man dafür eine Begleitung brauchte.

Riah klickte aus Neugierde auf das Gesuch. Es war kurz und knapp gehalten:

Suche nach einem geeigneten Date für eine hiesige Auktionsveranstaltung. Die ideale Kandidatin hat Zeit, um sich vor kommendem Samstag zu treffen und die Details zu besprechen. Und sie ist bereit, bei Bedarf an 1-2 Folgeveranstaltungen teilzunehmen.

Normalerweise schrieben Männer, die ein Date suchten, etwas über sich selbst. Außerdem dazu, welche Art von Frau sie suchten. Und sie gaben mehr Informationen über das entsprechende Event. Aber Riah gefiel es, dass dieses Gesuch sehr kurz war. Vorher hätte sie es als emotionslos und kühl abgetan, aber das war genau das, was sie jetzt brauchte. Jemanden, der sich nicht an sie klammern würde, nur weil sie zusammen auf ein Date gegangen waren.

Sie scrollte weiter nach unten, wo der Kunde ein Bild von sich gepostet hatte. Hellbraune, fast blonde Haare, akkurat geschnitten. Ein fester Kiefer, breite Schultern und ein durchdringender Blick. Dieser Blick und seine wunderschönen, topasfarbenen Augen ließen Riah erstarren. Ihr fiel die Kinnlade herunter, wie unglaublich gut aussehend er war. Sie hatte noch nie jemanden mit so wunderschönen Augen gesehen. Sie sahen aus wie Sterne, waren hell und klar und einzigartig.

Sie war sich nicht sicher, wie lange sie auf sein Bild starrte. Minuten fühlten sich wie Stunden an. Ihr Körper wurde unerträglich heiß, als sie eine Art urtümliches Verlangen in ihr unterdrückte. Sie konnte sich diese Reaktion nicht erklären. Sie wusste, dass sie ihn kontaktieren und treffen musste. Sein Gesicht kam ihr irgendwie bekannt vor, jedoch nicht sein Name. Vielleicht war er ein reicher Geschäftsmann, den sie schon einmal auf einer der vielen Events gesehen hatte, auf denen sie im Laufe der Jahre gewesen war. Er hatte ein einprägsames Gesicht, ganz zu schweigen von seinem herrlichen Körperbau.

Doch angesichts ihrer heftigen Reaktion fragte sie sich, ob es wirklich eine gute Idee war, sich mit ihm zu treffen.

Doch, das wäre es. Es würde nur von kurzer Dauer sein, aber sie könnte etwas Zeit mit einem unglaublich sexy Typen verbringen. Es wäre eine Win-Win-Situation für sie. Und nicht nur das: Er zahlte das Dreifache ihres üblichen Honorars. Wow. Sie wäre dumm, wenn sie sich nicht für den Auftrag bewerben würde. Aber als sie das Formular ausfüllte und schließlich auf „Senden" klickte, wurde ihr klar, dass sie unabhängig von dem Auftrag mit ihm ausgehen wollte.

Sie wollte *unbedingt* sehen, ob er auch in natura so attraktiv war.

5

LIAM

Auf Liams Gesuch auf der LovelyGirls-Website hin meldeten sich fast hundert Frauen. Mehr, als er in seinen kühnsten Träumen erwartet hätte. Es hatte wahrscheinlich etwas damit zu tun, dass er angegeben hatte, deutlich mehr zu bezahlen als die meisten anderen Gesuche auf der Seite. Der Grund dafür war jedoch, dass sich die entsprechende Kandidatin in Gefahr begeben würde, ohne auch nur etwas davon zu ahnen. Also musste sie auch entsprechend entlohnt werden.

Nach einem Tag hatte er bereits zu viele Antworten, daher musste er sein Gesuch wieder entfernten, ansonsten bestand die Gefahr, dass es zu viel Aufmerksamkeit auf sich zog. Immerhin hatte er zugegeben, dass es sich um eine Auktion handelte, um den sich bewerbenden Damen eine Vorstellung davon zu geben, was sie erwartete. Er versuchte einfach, auf alles vorbereitet zu sein.

Jetzt saß Liam auf dem Marmorboden seines Wohnzimmers, den Rücken gegen die Couch gelehnt, mit seinem Laptop auf dem gläsernen Couchtisch. Er scrollte durch die Bewerberinnen und versuchte, die ideale Kandidatin zu finden. Er hatte überlegt, nach jemandem zu fragen, der sportlich oder fit war. Aber dann hätten die Leute womöglich einen falschen Eindruck bekommen.

Alle Bewerberinnen waren sehr hübsch, also konnte er sie nicht nach ihrem Aussehen aussortieren. Er scrollte durch die schier endlos lange Liste. Er klickte auf die Fotos. Blondinen, Brünette, Rothaarige. Frauen, die etwas über sich selbst und ihre Interessen schrieben: Wandern, Autos, Schwimmen – nichts davon war für Liams Zwecke relevant – und Frauen, die versuchten, witzig zu sein, es aber nicht waren. Außerdem solche, die sich als ein Mysterium darstellten, das Liam nur dann enträtseln könnte, wenn er mit ihnen ausginge.

Als er sich durch die Liste scrollte, fand er mehrere Frauen, die er in Betracht zog. Dann sah er jedoch eine, die seine Aufmerksamkeit erregte und ihn nicht mehr losließ.

Sie hatte rosige Wangen und dunkelbraunes Haar, das wie Schokolade aussah und ihr Gesicht und ihre Schultern umrahmte. Liam vergrößerte ihr Bild. Ihre hellbraunen Augen hatten einen goldenen Schimmer, oder vielleicht lag das nur das Licht. Verglichen mit den anderen Frauen auf der Seite sah sie wie ein Engel aus. Er hatte in seinem ganzen Leben noch keine schönere Frau gesehen.

Ihr Name war Riah Jones, und sie arbeitete offenbar schon seit ein paar Jahren für LovelyGirls. Sie war sehr hoch bewertet. Tatsächlich hatte niemand etwas Negatives über sie geschrieben.

Liam schluckte. Alles in ihm schrie danach, sie auszuwählen, gegen jede Vernunft. Aber sie war zu schön. Sie würde zu viel Aufmerksamkeit auf sich ziehen. Er fühlte sich zu sehr zu ihr hingezogen, also würde sie ihn womöglich verwirren und von seiner Mission ablenken. Aber tief in seinem Inneren knurrte sein Drache und drängte ihn, ihre

Bewerbung anzunehmen. Warum war es seinem Drachen wichtig, wen er auswählte? Selbst mit der Zustimmung seines Drachen zögerte Liam, so schnell eine Entscheidung zu treffen. Er hatte noch nicht alles gelesen, was sie in ihrer Bewerbung geschrieben hatte.

Dort stand nur:

Ich lerne die Leute lieber persönlich kennen anstatt über eine Bewerbung. Das ist besser, findest du nicht auch?

Sie war heute Nachmittag für ein Treffen verfügbar.

Sie hatte etwas an sich, das Liam nicht verstehen konnte. Niemand war so perfekt. War sie eine Fee oder eine Elfe? Wenn sie es war, könnte das erklären, warum sie sich von den anderen abhob. Aber Liam war sich nicht sicher, ob es daran lag. Es war etwas anderes. Er schüttelte den Kopf und nahm die Bewerbung an. Sein Instinkt sagte ihm, dass sie die Richtige war, verdammte Vernunft hin oder her. Er wollte, nein, musste sie persönlich kennenlernen.

Das System gab ihm nach seiner Zusage ihre E-Mail-Adresse und ihre Telefonnummer frei. Er wählte sie sofort, und innerlich braute sich so etwas wie Aufregung zusammen. Es war lange her, dass Liam sich wirklich darauf gefreut hatte, eine Frau kennenzulernen. Und das hier war sogar noch aufregender, weil er nichts über sie wusste.

„Hallo? Hier spricht Riah“, sagte sie, als sie abgehoben hatte.

Liams Herz machte einen Aussetzer. Ihre Stimme war wie Musik in seinen Ohren. Ein Klang, auf den er sein ganzes Leben lang gewartet hatte. „Hi, Riah, mein Name ist Liam“, sagte er. Es klang sehr mechanisch, da er so bemüht war, nicht völlig die Kontrolle über sich zu verlieren. Also atmete er tief durch und entspannte sich ein wenig. „Ich habe vor Kurzem ein Gesuch für eine Veranstaltung auf LovelyGirls aufgegeben und beschlossen, dass ich dich gerne engagieren würde. Vorausgesetzt, du bist noch interessiert."

Sie lachte. Wenn ihre Stimme wie Musik war, dann war ihr Lachen eine Sinfonie. „Natürlich ... Liam. Nur Liam?"

„Ja, einfach nur Liam", antwortete er. Seinen Nachnamen wollte er nicht nennen, denn das würde ihn zu leicht mit InnoCell in Verbindung bringen. Dann fiel ihm jedoch ein, dass es unsinnig war, einen falschen Nachnamen zu verschweigen. „Du kannst mich auch Mr. Tellam nennen, wenn dir das lieber ist."

„Mir gefällt Liam, einfach nur Liam. Es wäre mir eine Ehre, mit dir zu deiner mysteriösen Auktion zu gehen. Wollen wir uns heute treffen, um die Details zu klären? Ich bin in einer Stunde verfügbar, wenn du Zeit hast."

Er lächelte. Er mochte Riah bereits. Bestimmt würden sie sich gut verstehen. „Ja, kein Problem. Können wir uns in der Nähe des Hotdog-Standes am südlichen Ende des Blackfall Central Parks treffen?"

„Wir sehen uns dort in einer Stunde."

Nachdem er aufgelegt hatte, lehnte Liam seinen Kopf gegen ein Sofakissen. Sein Herz raste. Er war stolz darauf, jemand zu sein, der unter Druck nicht einknickte, der immer cool und gefasst blieb, egal in welcher Situation er sich befand. Aber eine Minute am Telefon mit Riah und die Aussicht, sie persönlich kennenzulernen, und er war so nervös wie ein kleines Schulmädchen.

Er kannte sie noch gar nicht, warum also war er so aufgeregt? Es musste die Aussicht sein, mehr über jemanden zu erfahren, der ihn wirklich interessierte. Liam lächelte vor sich hin. Zum ersten Mal schien es, als ob diese Sache mit den Claws und dem Besuch der Auktion gar nicht so schlecht wäre. Er würde die Details mit Riah klären und den Rest der Woche damit verbringen, mehr über die Exponate zu erfahren, die auf der Veranstaltung versteigert werden würden.

Oder, vielleicht – nur vielleicht – würde er sich stattdessen in Tagträumen über Riah verlieren.

IM BLACKFALL CENTRAL Park war im Sommer immer viel los, und zwar extrem viel. Bei Tim's Hotdogs, wo sich Liam und Riah treffen sollten, war die Hölle los. Die Schlange führte entlang des Weges und durch das Gras. Einige Leute warteten unter den Bäumen, um sich vor der Hitze zu schützen, aber die Schlange wurde nicht kürzer. Es kamen einfach immer mehr Leute.

Liam bestellte hier selten etwas, obwohl es die besten Hotdogs der Stadt waren. Er kam einfach nur gerne hierher, um die verschiedenen Typen von Menschen zu beobachten, die Tims preisgekrönte Hotdogs probieren wollten. Mütter mittleren Alters mit herumwuselnden Kindern, Geschäftsleute in schicken Anzügen, Frauen, die wie Models aussahen, coole Jungs mit Skateboards und Turnschuhen. Alle Gesellschaftsschichten liebten scheinbar diese Hotdogs.

Liam kam mindestens einmal in der Woche hierher, einfach um sich zu entspannen und mit seiner Magie etwas Neues auszuprobieren. Er verkleidete sich jedes Mal, damit niemand, nicht einmal Tim selbst, ihn erkennen konnte. Und zwar so, dass jeder etwas anderes sah. Das tat er auch jetzt. Liam ließ sie das sehen, was sie auf der Bank, auf der er saß, zu sehen erwarteten, nicht das, was tatsächlich da war. Einige sahen einen alten Mann, andere eine alte Frau, wiederum andere einen Mann, der die Zeitung las. Es war immer eine interessante Übung herauszufinden, was die Leute sahen, wenn sie ihn ansahen.

„Du bist ‚einfach nur Liam‘?“, fragte eine vertraute, engelsgleiche Stimme von hinten.

Er verrenkte den Hals, um sie anzuschauen. Er hatte es so eingerichtet, dass nur Riah sehen konnte, wer er wirklich war. Dennoch musste er seine Magie so einsetzen, dass sie nicht herausfand, dass er eigentlich Liam Sallow war, der bei InnoCell arbeitete, und nicht Liam Tellam, der ... Er war sich noch nicht sicher, wo er arbeitete.

Riah war in echt noch atemberaubender als auf den Fotos. Ihre Augen waren nicht einfach nur goldfarben, sondern eher wie flüssiges Karamell, mit einem Hauch von Gold in der Iris. Ihre Lippen waren in einem dezenten Rosa gehalten, das sie irgendwie überirdisch aussehen ließ. Wie eine Göttin, nicht wie ein Engel.

Er starrte sie an.

„Ja, bin ich.“ Er räusperte sich und streckte die Hand aus. „Liam Tellam. Danke, dass du gekommen bist.“

Sie schüttelte sie zaghaft. Ein Kribbeln schoss bei ihrer Berührung durch Liam, und er hielt ihre Hand etwas länger als beabsichtigt fest. Schließlich ließ er sie los, und sie setzte sich neben ihn auf die Bank. Sie schenkte ihm ein höfliches Lächeln und betrachtete dann die lange Schlange am Hotdog-Stand.

„Du hast nicht vor, etwas zu bestellen, oder?“, fragte sie.

Liam konnte nicht aufhören, Riah anzustarren. Sie war zu viel auf einmal, und er hatte völlig vergessen, wo oder warum sie hier waren.

„Möchtest du einen?“

„Oh, nein.“ Sie lächelte. „Ich esse keine Hotdogs. Ich dachte nur, dass das ein ungewöhnlicher Ort ist, um sich zu treffen, besonders in Anbetracht der Art unserer Vereinbarung."

„Du wärst überrascht, wie privat Menschenmengen sein können. Die meisten Leute beachten das, was über ihre unmittelbare Umgebung hinausgeht, überhaupt nicht. Sie sind völlig eingenommen von dem, was sie tun." Liam zuckte mit den Schultern. „Ich hatte mir gedacht, du würdest einen öffentlichen Treffpunkt bevorzugen. Dieser hier ist etwas ungewöhnlich, aber ich mag es hier."

Liam ertappte sich dabei, wie er sie aus dem Augenwinkel beobachtete. Sie betrachtete ihn aufmerksam, und obwohl er versuchte, entspannt auf seiner Seite der Parkbank zu sitzen, spannte er sich an, sobald sie sich bewegte. Dem Drang zu widerstehen, sie direkt anzuschauen, war schwieriger, als er gedacht hatte. Er befürchtete, dass er sich in ihre Lippen verlieben würde und sie an Ort und Stelle würde küssen wollen.

„Was möchtest du bezüglich dieses Auftrags wissen?", fragte Liam.

„Es kommt darauf an, was du vorhast", sagte Riah. „Wenn du mir mehr über den Zweck und die Veranstaltung selbst erzählen könntest, kann ich diejenige werden, die du dafür brauchst."

Liam hob eine Augenbraue. „Du veränderst, wer du bist?"

Riah drehte den Kopf in seine Richtung und sah ihn an. „Du kommst mir wie ein sehr praktisch orientierter Mann vor, ‚einfach nur Liam'. Wenn ich offen sein darf – ich nehme an, dass du mich nicht deswegen anheuerst, weil du ein paar Stunden lang eine Freundin haben oder eine Ex eifersüchtig machen willst. Du hast ein anspruchsvolleres Ziel. Ist das richtig?"

„So ähnlich“, stimmte er zu. Er fragte sich, wie oft sie für die genannten Aufträge angeheuert wurde.

„Die meisten Frauen auf LovelyGirls sind hübsche Frauen, die zum Spaß auf Dates gehen, um sich nebenbei etwas Geld zu verdienen. Nur wenige sind echte Profis wie ich.“

„Und was ist der Unterschied, deiner Meinung nach?“

Liam war wirklich neugierig auf die Antwort. Er mochte Riah und wusste sofort, dass sie die richtige Wahl für diesen Job war. Er war begierig darauf, mehr über sie und ihre Arbeit zu erfahren.

„Eine professionelle Fake-Freundin bedeutet, eine Schauspielerin in diversen Filmen zu sein. Je nach Bedarf kann ich eine ganz andere Person werden.“

„Wie Schauspielerei. Interessant“, sinnierte Liam. Er dachte darüber nach und versuchte zu ermitteln, was sich für diese Auktion eignen würde. Er wünschte, er wüsste mehr darüber. Über die Leute, die teilnahmen, und was man dort zum Verkauf anbieten würde. Was würden er und Riah dort tun müssen? „Ich muss mich dort bedeckt halten.“

Riah blinzelte, als wäre es seltsam, dass er so etwas sagte. Das war es vermutlich auch. Wer kein Spion war, wusste nicht, wie man sich vor den neugierigen Blicken anderer versteckte. Nach ein paar Augenblicken nickte sie jedoch. Also war dies nicht das Seltsamste, das sie je von einem Kunden gehört hatte.

„Du willst also nichts Glamouröses oder Ausgefallenes?“, fragte sie. „Wie lautet die Kleiderordnung?“

„Abendgarderobe“, sagte er. „Mit etwas kreativem Spielraum, aber nicht zu übertrieben.“

Nach dem, was Liam über die Claws wusste, waren sie alle

wohlhabend und zeigten das auch gerne. Aber sie hielten sich auch nicht streng an Vorgaben. Sie ließen ihre persönlichen Noten durchblitzen. Vermutlich würde es bei dieser Veranstaltung ähnlich sein, vor allem, da es eine Auktion war und kein ausgefallenes Abendessen oder eine hochkarätige Benefizgala.

„Ich kann mich entsprechend anziehen. Es ist eine Auktion, richtig? Was versteigern die denn?"

Liam öffnete den Mund, um zuzugeben, dass er es nicht wusste, hielt sich aber zurück. Riah hatte etwas an sich, das ihn dazu brachte, ehrlich zu ihr sein zu wollen. Aber er durfte ihr nicht zu viel sagen, sonst würde er sie beide in Gefahr bringen. Es müsste also eine kleine Lüge sein. Er hatte bereits ein schlechtes Gewissen, noch bevor er etwas gesagt hatte, aber was sollte er sonst tun?

„Kunst", erwiderte er. Zumindest war das nicht komplett gelogen. Viele magische Artefakte waren so gestaltet, dass sie sowohl funktional als auch ästhetisch waren, besonders die alten. „Hauptsächlich Skulpturen."

„Und du gehst zum ... Vergnügen hin?", fragte sie.

„Arbeit."

„Arbeit", wiederholte Riah und runzelte dann die Stirn. „Kunst für die Arbeit?"

Liam war es unangenehm, dass sie skeptisch war. Er wollte nicht, dass sie zu viele Fragen stellte. „Ich versuche, ein gewisses Kunstwerk, das auf der Auktion angeboten wird, für einen meiner Kunden zu erwerben."

Sie schien diese Antwort zu akzeptieren. „Gibt es dort jemanden, den du kennst? Jemanden, den ich kennen sollte?"

„Nein. Ich werde dort niemanden kennen." Er hielt inne. „Ich hoffe es zumindest."

Eine Weile betrachteten er und Riah die Schlange am Hotdog-Stand, wie die Leute trotz der langen Warterei glücklich mit ihren leckeren Gourmet-Hotdogs nach Hause gingen.

„Du bist ein sehr seltsamer Mann“, sagte Riah. „Ich glaube, wir werden einen netten Abend verbringen.“

Sie lächelte ihn an, und das veranlasste ihn, sie direkt anzuschauen. Sein Herz machte einen Sprung angesichts der Wärme und Freundlichkeit in ihrem Lächeln und ihren Augen. War das für ihn, oder war sie immer so? Sie selbst hatte behauptet, Schauspielerin zu sein, aber Liam wollte unbedingt glauben, dass in der Art, wie sie ihn ansah, mehr steckte. Er fühlte sich auf eine Art zu ihr hingezogen, die er nicht erklären konnte.

Er wollte, dass die gemeinsame Auktion Spaß machte, aber langsam wuchs die Sorge in ihm, je länger er sie ansah. Er sollte sie eigentlich beschützen und nicht ins Zentrum der Gefahr bringen.

Sie lehnte sich ein wenig näher heran, und Liam nahm einen Hauch ihres blumigen Parfums wahr. Er atmete den Duft ein, als wäre er eine Droge, war begierig nach mehr und wollte nicht zugeben, wie tief es ihn berührte. „Jetzt, wo ich von der Veranstaltung weiß, warum erzählst du mir nicht mehr über dich selbst und welche Rolle ich bei der Auktion für dich spielen soll?“

Liam brauchte ein paar Sekunden, um sich von den Gedanken an ihren Duft zu lösen. Um einen klaren Kopf zu bekommen, brauchte er etwas Zeit zum Nachdenken. Jetzt, wo er hier mit ihr auf der Bank saß, wurde ihm immer bewusster, dass es keine gute Idee gewesen war, sie für diesen beruflichen Auftrag in Betracht zu ziehen. Bereits jetzt war er völlig von ihr verzaubert und dachte ständig über sie nach. Das könnte zu einem Problem werden, wenn sie auf der Auktion wären.

Aber Liam konnte den Gedanken nicht ertragen, sie

abzulehnen und jemand anderen zu engagieren. Es musste *sie* sein. Irgendwie musste er mit ihr zusammenarbeiten, ohne sie beide in Gefahr zu bringen oder seine Mission zu gefährden. Wenn jemand das schaffen konnte, dann Liam.

„Du zuerst", sagte Liam, ein wenig schroffer als beabsichtigt. „Erzähl mir mehr von dir. Dann kann ich entscheiden, ob das, was ich vorhabe, klappen könnte."

Riahs Augen blitzten auf, und sie schenkte ihm ein amüsiertes Lächeln. Er konnte an ihrem Gesichtsausdruck erkennen, dass sie dies als eine Art Spiel betrachtete.

„Gut", erwiderte sie. „Hm. Ich bin in L.A. aufgewachsen und habe immer davon geträumt, Schauspielerin zu werden. Aber ich habe festgestellt, dass ich Filme nicht so sehr mag. Zu viel Glamour, nicht genug Privatsphäre, solche Dinge. Ich habe mir nie die Mühe gemacht, auf eine Schauspielschule zu gehen. Was ich allerdings herausgefunden habe, ist, dass es möglich ist, eine Schauspielerin zu sein, ohne seine Seele an Hollywood zu verkaufen."

„Ich verstehe", sagte Liam. „Fahr fort."

Er hatte das Gefühl, dass Riah nicht ganz die Wahrheit sagte, aber das hatte er auch erwartet. Immerhin war er ein Fremder. Dennoch fragte er sich, warum es ihn ein wenig schmerzte, dass sie ihm etwas vorenthielt. Er wollte mehr über sie wissen. Alles, was sie ihm zu sagen bereit war. Was mochte sie? Welche Abneigungen hatte sie? Welche Art von Hobbys? Das waren zwar keine Informationen, die er brauchte, um eine glaubwürdige Geschichte über ihre baldige Scheinbeziehung zu erfinden, aber er wollte es einfach wissen.

Etwas an Riahs Gesichtsausdruck veränderte sich, aber Liam konnte nicht sagen, was; erst, als sie wieder anfing zu sprechen. „Wer ich bin, spielt keine Rolle, Liam, nur was ich werden kann. Also, warum sagst du mir nicht, wer ich werden soll?“

Die Art und Weise, wie sie das gesagt hatte, löste ein Kribbeln in Liams Körper aus. Zum Teil, weil er in diesem Augenblick erkannte, dass sie beide sich ähnlicher waren, als er gedacht hatte. Sie waren beide in der Lage, sich in das zu verwandeln, was von ihnen erwartet wurde. So bescheiden und versteckt oder laut und offen, wie sie sein mussten. Liam hatte zuvor an sich selbst gezweifelt, und obwohl er immer noch spürte, dass es nicht gut für ihn war, zu lange in Riahs Nähe zu sein, war er froh, dass sie diesen Job gemeinsam ausführen würden, solange Liam sich unter Kontrolle haben würde.

Darin war er normalerweise Experte.

Er räusperte sich. „Gut. Ich wusste, dass du für diesen Job gut geeignet bist.“ Er übersprang den Teil, in dem er ihr mehr über sich erzählen sollte, da er das Gefühl hatte, dass sie merken würde, dass er auch nicht ganz ehrlich zu ihr war, egal, was er ihr sagen würde. Aus irgendeinem Grund mochte er den Gedanken nicht, sie anzulügen oder allzu unehrlich zu sein. „Und für die Rolle, die ich mir von dir wünsche ...“ Liam griff in seine Tasche und holte eine kastanienbraune Samtschachtel heraus. „Ich möchte, dass du dich als meine Frau ausgibst.“

„Was ...“, hob Riah an, hielt dann aber inne, als Liam die Schachtel öffnete und einen glitzernden Diamantring zum Vorschein kam. „Du meinst das ernst?“

„Ich habe den Ring auf dem Weg hierher geholt“, sagte Liam lächelnd. „Ich hatte gehofft, dass wir uns darauf einigen können. Da es dort niemanden geben dürfte, den ich kenne, wirst du deine Rolle ohne weitere Vorbereitungen spielen können. Wenn möglich, sollten wir es vermeiden, viel miteinander oder überhaupt mit jemandem zu sprechen."

Riah nickte, aber sie schien mit sich selbst zu kämpfen. Das bereitete Liam ein wenig Sorgen, denn noch vor wenigen Augenblicken hatte sie sich über den Job gefreut.

„Stimmt etwas nicht?", fragte er.

„Das ist einfach ungewöhnlich. Normalerweise agiere ich als neue Freundin, nicht als Ehefrau. Eine Ehefrau braucht viel mehr Vorwissen. Aber wenn es dort niemanden gibt, den du kennst, ist das sicher kein Problem."

„Gut", sagte er. „Wir können uns auf jeden Fall anpassen. Ich habe mir auch erlaubt, die Bezahlung für zwei Dates über die LovelyGirls-Website auf dein Konto zu überweisen. Vielleicht brauchen wir kein zweites Date, aber in jedem Fall kannst du das Honorar und den Ring behalten."

Riah war sprachlos und schaltete ihr Handy ein, anstatt zu antworten. Nach einer Sekunde wandte sie ihm ruckartig den Kopf zu. „Zehntausend Dollar? Dir ist doch klar, dass ich keine Escort bin, oder?"

Liam riss die Augen auf, und Panik machte sich in ihm breit. Es war nicht seine Absicht gewesen, sie zu beleidigen. „Was? Natürlich bist du das nicht! Das wollte ich überhaupt nicht andeuten, und ich habe auch nicht die Absicht, solche Dienste in Anspruch zu nehmen."

Vielleicht merkte sie, wie sehr er sich zu ihr hingezogen fühlte. Er konnte sich nicht zurückhalten. Einfach nur in ihrer Nähe zu sein, veränderte seine Gedanken komplett. Er wollte ihr näher sein, sie besser kennenlernen, mit den Fingern durch ihre Haare fahren ... Und sie irgendwo hinbringen, wo sie ungestört wären, damit er an ihren Haaren *ziehen* könnte, während sie seinen Namen schrie.

Aber Liam hatte nicht vor, einem dieser Impulse nachzugehen. Seine unerklärliche Anziehung zu Riah musste zum Teil an seinem Drachen liegen, der sich aufspielte. Sein Drache konnte ein sexgeiler Bastard sein, wenn es ihm passte, und zwar immer dann, wenn es Liam gerade nicht passte. Aber er wusste, dass auch er sie wollte, und das hatte nichts mit den Impulsen seines Drachen zu tun.

„Du bist ein Profi", sagte Liam, „und so solltest du auch behandelt werden. Meine Erwartungen bestehen nur darin, dass du dich bei der Auktion perfekt verhältst und meiner Führung folgst, wo es nötig ist."

„Dann weiß ich deine Geste zu schätzen. Ich wollte nicht unhöflich klingen. Ich danke dir für dein Vertrauen. Ich werde dich nicht enttäuschen", sagte Riah.

Liam lächelte. Er wollte ihr wieder die Hand schütteln, aber er hatte Angst, sie zu berühren. Angst davor, was er tun würde. Seine Hand kribbelte immer noch von ihrer Berührung, und ihm war am ganzen Körper warm. Jede Zelle in seinem Körper war sich ihrer bewusst. Ihre Wege trennten sich, aber als Liam einen Blick zurück auf die Parkbank warf, auf der er sie zurückgelassen hatte, stand sie immer noch da und sah ihm beim Gehen zu.

Die Wärme in ihm breitete sich weiter in ihm aus, auch als er versuchte, sie zu vertreiben. Das war alles das Werk seines Drachen. Das nächste Mal, wenn er sie sehen würde, würde er besser vorbereitet sein und besser mit der Situation umgehen. Er würde seinen Drachen unter Kontrolle halten, und alles würde wie geplant ablaufen. Das redete sich Liam zumindest ein, aber je weiter er in diesem Park von ihr wegging, desto unsicherer wurde er. Alles, was er wollte, war, sich umzudrehen und weiter mit ihr zu reden – und seinen verdammten Job vergessen.

6

RIAH

Liam hatte den Arm um Riahs Taille gelegt, berührte sie jedoch kaum. Sie wünschte, er würde sie an sich drücken, ohne Zurückhaltung. Selbst diese leichte Berührung sandte Schauer über ihren Rücken und ein Feuerwerk über ihre Haut, und zwar genau dort, wo seine Finger ihre Hüfte berührten. Sie standen vor dem Bankettsaal, wo ein Mann in einem schwarzen Anzug und mit einer Maske vor dem Gesicht die Namen der Wartenden auf der Gästeliste überprüfte.

Riah lehnte sich näher an Liam heran. Teils, um ihrem Wunsch nachzukommen, ihm ein wenig näher zu sein, aber auch, weil sie wegen der Maske besorgt war. „Das ist doch kein Maskenball oder so, oder?", flüsterte sie.

„Wenn es so wäre, hätte ich es dir gesagt", flüsterte Liam zurück. Seine Augen huschten umher. „Keiner trägt eine Maske, außer dem Personal."

Riah folgte seinem Blick und erkannte, dass er recht hatte. Sie war erleichtert, denn kurzzeitig hatte sie sich Sorgen gemacht, dass sie einen Fehler gemacht hatten. Liam schien ziemlich aufmerksam zu sein. Interessant.

„Da bin ich erleichtert", sagte sie.

Liam sah aus in seinem maßgeschneiderten Smoking aus wie ein Model, und ein Lächeln umspielte seine Lippen. Er hatte etwas an sich, das ihn erhaben aussehen ließ, nicht von dieser Welt. Und Riah ertappte sich öfter dabei, wie sie ihn anstarrte. Innerlich zwang sie sich dann jedes Mal, damit aufzuhören. Sie hatte noch nie ein berufliches Date mit jemandem gehabt, zu dem sie sich so sehr hingezogen fühlte, dass sie nicht mehr klar denken konnte. Sie durfte nicht zulassen, dass diese Anziehung sie unprofessionell werden ließ.

Aber auch ihr entging nicht, wie Liams Blick gelegentlich zu ihren Beinen wanderte, die durch die Schlitze an den Seiten ihres bodenlangen schwarzen, glitzernden Ballkleides bei jeder Bewegung zu sehen waren. Oder wie er bisweilen auf dem tiefen Ausschnitt ihres Kleides verweilte, der mehr Dekolleté enthüllte, als Riah es gewohnt war. Bei einem anderen Mann hätte es sie gestört, wenn er sie so angesehen hätte, aber bei Liam gefiel es ihr. Sie konnte es nicht erklären.

Es waren ein paar ungewöhnliche Tage vergangen, seit sie Liam zum ersten Mal im Park begegnet war. Normalerweise gaben ihr ihre Kunden viel detailliertere Infos darüber, was sie zu erreichen, wen sie zu beeindrucken oder vor wem sie anzugeben versuchten. Liam hatte ihr kaum etwas erzählt. Nur die Kleiderordnung. Die Art der Veranstaltung. Dass sie als seine Ehefrau auftreten sollte.

Riah war *tatsächlich* anfangs von Liams Dreistigkeit beleidigt gewesen. Er hatte vor ihrem ersten Date eine außergewöhnlich hohe Summe auf ihr Konto überwiesen, noch bevor Riah zugestimmt hatte, mit ihm zur Auktion zu gehen. Es war nicht das erste Mal, dass ein Mann ihr mehr Geld gegeben hatte als vereinbart und versucht hatte, sie zu überreden, auch Sex mit ihm zu haben. Ein „Bonusfick", wie ein Kunde es einmal vor Jahren ausgedrückt hatte. Sie hatte sich ihren Bonus „verdienen müssen".

Dann hatte er feststellen müssen, dass Riah laut den Nutzungsbedingungen von LovelyGirl – und auch entsprechend dem gesunden Menschenverstand – nicht verpflichtet war, etwas zu tun, was sie nicht tun wollte, besonders wenn es ihr unangenehm war.

Also war Riahs erste Reaktion auf Liams Zahlung gar nicht so unvernünftig gewesen. Aber nach ein paar Minuten hatte sie sich beruhigt und etwas genauer über das Ganze nachgedacht. Liam schien ein unglaublich professioneller Mann zu sein, im Gegensatz zu vielen anderen, von denen sie von Anfang an seltsame Vibes bekommen hatten. Bei Liam war das Gegenteil der Fall. Sie fühlte sich auf eine Art und Weise zu ihm hingezogen, die sie nicht erklären konnte. Es war, als würde ihre Haut magnetisch von seiner angezogen. Sie hatte das Gefühl seiner Hand auf ihrer nicht vergessen können, als sie sich zum ersten Mal die Hände geschüttelt hatten. Wie würde es sich anfühlen, wenn sich sein ganzer Körper an sie presste, seine Lippen an ihrem Hals oder seine Arme fest um ihre Taille geschlungen wären?

Er hatte verstanden, dass sie ein Profi war. Zwar war sie nicht auf die Schauspielschule gegangen, aber sie hatte Erfahrung. Er erwartete nicht, dass sie von Anfang an einem Drehbuch folgte, sondern dass sie aus dem Stegreif improvisierte. Er traute ihr das zu. Das war ein ziemlicher Vertrauensbeweis, dem sie in jeder Hinsicht gerecht werden wollte.

Sie erreichten den maskierten Türsteher, und Liam drückte Riah ein wenig fester an sich. Ihr stockte der Atem angesichts seiner Wärme, aber sie riss sich zusammen und schenkte dem Türsteher ein selbstsicheres Lächeln.

„Tellam“, sagte Liam, als man sie nach ihren Namen fragte.

Der Mann scrollte eine Liste auf seinem Tablet herunter und nickte. „Willkommen, Mr. und Mrs. Tellam.“ Er nahm eine schwarz-weiße Spielkarte aus einem großen Stapel auf dem Tisch und reichte sie Liam. „Ihre Nummer für heute Abend. Viel Spaß!“

Liam bedankte sich und schob Riah sanft in Richtung der Türen. Beim Hineingehen verarbeitete Riah die Tatsache, dass sie ohne Weiteres als Liams Frau durchgegangen war. Eine Freundin zu sein war eine Sache, aber eine *Ehefrau* ... Sie hob die Hand, um den Diamantring zu betrachten, den er ihr geschenkt hatte. Es war sehr dezent, was Riah sehr gefiel, da sie diese protzigen Dinger nicht mochte. Es war schön, wie ein größerer Diamant von einem Dutzend kleinerer flankiert wurde.

Ein herrliches Schmuckstück. Sogar noch edler als die Diamantohrringe, die Colin ihr letzte Woche geschenkt hatte. Sie hatte ein schlechtes Gewissen, diese Ohrringe bei dem Date mit Liam zu tragen, aber ... in Anbetracht dieser hochkarätigen Veranstaltung hatte sie etwas ebenso Hochkarätiges tragen wollen.

„Gefällt er dir?“, fragte Liam, der sie dabei ertappt hatte, wie sie den Ring im Licht bewunderte, als sie in den Festsaal traten.

Das tat er. Wie konnte man so etwas nicht mögen? „Ich kann ihn nicht behalten“, sagte sie.

„Er wird dir ans Herz wachsen. Komm, wir können hier nicht nur herumstehen.“

Riah hob den Blick und sah sich im Festsaal um. Goldenes Licht schien von oben, aber es kam nicht von den Leuchtstoffröhren an der Decke. Es sah eher aus, als wären Sonnenstrahlen eingefangen worden, die die gemütlichen

Sofas und die Tische, die im Saal verteilt waren, beleuchteten. Auf der Treppe, die zu den Sofas führte, war ein roter Teppich ausgelegt, der bis vor die Bühne reichte. Dort würde also das Hauptevent stattfinden.

Allerdings saßen nur wenige Paare auf den Sofas, die meisten waren leer. Die Auktion würde erst später beginnen. Auf einem Schild vor der Treppe stand *Showroom,* mit einem Pfeil, der nach rechts zeigt.

Liam führte sie in diese Richtung, vorbei an mehreren Gästen, die herumstanden und sich unterhielten. Kellner mit Tabletts voller Appetithäppchen und Wein boten ihr und Liam etwas an, die die Erfrischung gerne annahmen. Während Riah an ihrem Wein nippte, fragte sie sich, wie es wohl wäre, Liams Frau zu sein.

Sie hatte seinen Namen im Internet recherchiert, aber keinen Liam Tellam gefunden. Zumindest keinen, der zu seinem Bild passte. Entweder hielt er seinen Reichtum geheim – was sie nicht als sehr realistisch betrachtete – oder er war nicht ehrlich gewesen, was seinen Namen betraf. Sie war sich nicht sicher, was sie davon halten sollte. Versuchte er, seinen Namen vor ihr oder vor den Leuten, die die Veranstaltung organisierten, geheim zu halten? Warum sollte er sich so viel Mühe machen? Was war auf dieser Auktion, das die Mühe wert zu sein schien?

Sie betraten einen separaten Teil des Saals. Glaskästen in verschiedenen Größen zeigten die Artefakte, die an diesem Abend zum Verkauf stehen sollten. Abstrakte Kunst hing an den Wänden hinter samtenen Vorhängen und mehreren wunderschönen Marmorstatuen von nackten Männern und Frauen. Etwas, das sich näher am Eingang befand, erregte Riahs Aufmerksamkeit.

Ein Wachmann warf ihr und Liam einen skeptischen Blick zu, als sie sich näherten.

„Schau dir das an, mein Schatz“, sagte sie. „Ist es nicht wunderschön?“

Eigentlich hatte Riah keinen blassen Schimmer, worum es sich dabei handelte. Dünne Goldfäden waren sorgfältig um eine perlmuttartige Kugel von der Größe eines Fußballs gesponnen. Ein leichtes Glühen entströmte der Oberfläche der Kugel. Es war wirklich ein wunderschönes Kunstwerk, und sie fühlte sich von ihm angezogen. Sie beugte sich vor, als ob eine unsichtbare Kraft sie nach vorne zöge, und berührte das Glas.

„Bitte berühren Sie das Glas nicht“, sagte der Sicherheitsbeamte. Liam versteifte sich augenblicklich neben ihr.

Riah beugte sich zurück. Was war nur über sie gekommen? Sie lächelte entschuldigend. „Es tut mir leid, es ist einfach so verlockend. Es wird nicht wieder vorkommen.“

Der Wachmann grunzte und schaute weg.

Liams Griff um ihre Taille wurde ein wenig fester. „Sei vorsichtig. Diese Art von Leuten willst du nicht verärgern.“

Riah fragte sich, warum, aber dann las sie das Schild vor dem Kunstwerk: *Chinesische Drachenperle – 300 Millionen Dollar Startgebot.*

„300 Millionen?“, flüsterte sie, als Liam sie zum nächsten Artefakt zog.

Er lehnte sich nahe an sie heran, sodass es aussah, als würde er ihre Haare küssen, obwohl seine Lippen sie nicht berührten. „Ich vermute, es ist das Allererste, das es auf den Markt geschafft hat“, sagte er. „Es dürfte gar nicht hier sein.“

Liam klang überhaupt nicht erfreut darüber, aber alles, woran sie denken konnte, war das Gefühl seines warmen Atems an ihrem Kopf. Es jagte ihr wieder Schauer über den Rücken und ein warmes Kribbeln durch ihren Körper. Sie wollte den Kopf etwas bewegen, damit er sie berühren konnte. Aber dann hielt sie sich zurück. Warum hatte Liam so eine Wirkung auf sie? Falsche Frage. Warum sie so empfand, spielte keine Rolle ... Er hatte sie engagiert, um an diesem Abend so zu tun, als sei sie seine Frau, und das war alles.

Doch gleichzeitig wollte sie nicht, dass das alles war. Sie wollte mehr ... Und es verwirrte sie, wenn man bedachte, dass sie noch nie so für einen Kunden empfunden hatte. Und schon gar nicht so kurz nach dem Kennenlernen. Liam schien nett und respektvoll zu sein, aber sie kannte ihn kaum. Sie war schon mit Männern zusammen gewesen, die sich anfangs genauso verhalten und sich dann als schreckliche Partner herausgestellt hatten. Riah presste die Lippen aufeinander, fest entschlossen, sich durch ihre Anziehung zu Liam nicht von ihrer Arbeit ablenken zu lassen.

„Hast du vor, es zu kaufen?“, fragte Riah.

Hatte er so viel Geld? Aufgrund der Tatsache, dass sie hier war, mit all den Leuten in ihren teuren Kleidern, den Frauen, die vor Diamanten trieften, und den Preisen der Kunstwerke, an denen sie vorbeigingen, wurde ihr klar, dass Liam weitaus wohlhabender sein musste, als sie zunächst angenommen hatte. Aber wenn das der Fall sein sollte, hätte sie etwas über ihn finden müssen.

„Ich weiß es nicht“, antwortete er nur und ging weiter, um sich das nächste Objekt anzusehen. Es war ein langes, gebogenes Schwert – das Schild bezeichnete es als Krummsäbel – mit Symbolen, die in die glänzende Klinge graviert waren. „Das hängt davon ab, was sonst noch hier ist.“

Aus dem Augenwinkel erhaschte Riah einen Blick auf einen Mann mit sandfarbenem, blondem Haar und einem nur allzu vertrauten Körperbau. Sie schaute in seine Richtung – obwohl sie wusste, dass sie, wenn sie hier *wirklich* jemanden kennen sollte, nicht seine Aufmerksamkeit auf sich ziehen durfte, indem sie ihn ansah. Aber es schien nur eine optische Täuschung gewesen zu sein. Zwei Frauen standen plaudernd neben einer der Glasvitrinen, die eine Art Schriftrolle in einer fremden Sprache zu enthalten schien.

Trotzdem hämmerte Riahs Herz wie verrückt. Warum sollte Colin überhaupt hier sein? Vermutlich war sie kurz davor, den Verstand zu verlieren. Irgendetwas an diesem Ort und all der Kunst machte sie nervös. Es kam ihr hier drinnen wärmer vor, als es hätte sein sollen, und Schweiß rann ihr den Rücken hinunter. Sie versuchte, sich abzulenken, indem sie sich auf das Gefühl von Liams Arm an ihrem Rücken konzentrierte, und auf die Kühle des Weins, der ihre Kehle hinunterlief, als sie einen weiteren Schluck nahm.

„Wegen welchem Kunstwerk bist du hier?", fragte Riah.

Sie bogen um eine Ecke, und Liam blieb wie angewurzelt stehen. Er starrte auf eine große Metallstatue am anderen Ende des Flügels, den sie gerade betreten hatten. Zwei Sicherheitsbeamte standen links und rechts davon. Schnell erlangte er wieder die Kontrolle über sich und betrachtete einen Umhang, der ganz aus Federn bestand und in der Vitrine vor ihnen aufgehängt war. Auch er war wunderschön, und bereits ein Blick darauf gab Riah das Gefühl, fliegen zu können.

„Das da", flüsterte er. „Sieh es nicht an." Etwas lauter fügte er hinzu: „Ist das nicht schön, Liebes? Das wäre eine wunderbare Ergänzung für deine Garderobe."

Riah bemühte sich, die Statue aus den Augenwinkeln zu betrachten. Sie konnte allerdings nur erkennen, dass es sich um eine fast lebensechte Nachbildung einer Frau handelte, und zwar aus dem glänzendsten Metall, das sie je gesehen hatte. Etwas ragte aus dem Rücken der Statue heraus, aber Riah konnte nicht sagen, was genau das war.

Sie lachte leise. „Du kennst mich viel zu gut", erwiderte

sie. „Obwohl ich ein schlechtes Gewissen hätte, ein so schönes Kleidungsstück zu tragen.“

„Manche Dinge, so schön sie auch sein mögen, sind dafür gedacht, getragen oder benutzt zu werden. Das ist es, was ihnen Leben verleiht. Sie in einem Regal aufzubewahren, bedeutet, ihnen die Kraft zu nehmen, die sie zu dem macht, was sie sind.“

Schmetterlinge tanzten durch Riahs Bauch. Nicht nur klang es wahr, sondern es war auch etwas, das sie von jemandem wie Liam nicht erwartet hätte. Es gab ihr das Gefühl, ihn ein wenig besser zu kennen, und dass er ein sanfterer, rücksichtsvollerer Mann war, als sie gedacht hatte. Er steckte voller Überraschungen.

Sie hatte das Gefühl, dass sie etwas darauf erwidern sollte, aber bevor sie das tun konnte, dröhnten die Lautsprecher über ihnen.

„Die Auktion beginnt in fünf Minuten“, hörte man. „Bitte suchen Sie Ihre Plätze auf, wenn Sie teilnehmen möchten.“

Riah und Liam machten sich auf den Weg und warfen dabei ein paar Blicke auf die weiteren Kunstwerke. Sie hatten es nur durch einen Teil der Halle geschafft, bevor ihnen die Zeit davongelaufen, aber Liam schien das nicht weiter zu stören. Nur die Metallstatue, die sich ganz hinten versteckt hatte, hatte seine Aufmerksamkeit erregt. Deswegen war Liam zu der Auktion gekommen, und Riah wollte mehr darüber erfahren.

Nicht nur, weil es zu ihrem Job gehörte, es zu wissen, sondern auch, weil sie, auch wenn sie sie nur kurz gesehen hatte, exquisit war. Und indem sie mehr darüber erfuhr, würde Riah das Gefühl bekommen, mehr über Liam zu erfahren. Daran war ihr viel gelegen.

Sie fanden die Couch und den Tisch, die ihrer Nummer

zugeordnet waren. Es waren schon fast fünf Minuten vergangen, aber nur etwa die Hälfte der Sofas waren besetzt. Als Liam den Sichtschutz zu seiner Linken hochzog, kam eine Kellnerin von der rechten Seite.

„Darf ich Ihnen eine Erfrischung oder etwas zu essen anbieten?“, fragte die junge Frau. Auch sie trug eine schwarze Maske.

„Eine Flasche von Ihrem besten Wein“, sagte Liam. „Wir nehmen außerdem eine Garnelen-Platte.“

Die Kellnerin nickte. „Sehr gerne, Sir. Ich bin gleich wieder da.“

Nachdem sie gegangen war, ließ sich Liam auf der Couch nieder. Sie war kleiner, als Riah vermutet hatte, eher wie ein Liegesofa, und es gab nicht genug Platz für sie und Liam, um mit Abstand zueinander darauf zu sitzen. Obwohl sie Liam nahe sein wollte, zögerte sie. Es hatte eine Weile gedauert, bis sie sich daran gewöhnt hatte, dass er seinen Arm um ihre Taille legte. Anfangs hatte sie das Gefühl gehabt, dass ihre Haut in Flammen stünde – auf eine gute Art. Selbst seine leichtesten Berührungen fühlten sich unvorstellbar gut an.

Riah schluckte und setzte sich neben ihn. Dabei drückte sie sich an die Lehne der Couch, sodass sich nur ihre Hüften und Beine berührten. Sie legte die Hände in den Schoß und schaute zur Bühne hinauf, als ob alles in bester Ordnung wäre. Aber es fühlte sich an, als würde sich ein Feuer ihre Beine hinauf und in ihre Brust schlängeln und ihr die Luft zum Atmen rauben.

Liam warf ihr einen Seitenblick zu. „Niemand wird dich für meine Frau halten, wenn du so dasitzt.“

Alles, was Riah zustande brachte, war ein stummes Nicken. Ihr gesamter Körper zitterte und war heiß, egal wie sehr sie sich bemühte, sich normal zu verhalten. Das war

Liams Schuld. Nie zuvor hatte ein Mann so eine Wirkung auf sie gehabt.

Sie liebte es, und gleichzeitig hasste sie es. Liam war … überwältigend und verwirrend, und zwar auf die beste Art und Weise, aber Riah gefiel es nicht, keine Kontrolle mehr über sich selbst zu haben.

„Ich weiß“, sagte sie. „Ich habe nur …“

Die Bedienung kehrte einen Augenblick später mit ihrem Teller Garnelen und der Flasche Wein zurück. Liam richtete sich auf, als sie kam, um nicht den Anschein zu erwecken, dass er und Riah nebeneinandersaßen, als wären sie von der Gegenwart des jeweils anderen abgestoßen. Die Kellnerin öffnete die Flasche und schenkte ihnen ein. Dann zog sie sich mit gesenktem Kopf zurück.

Warum fiel es Riah so schwer, Liam näherzukommen? Auf einer Couch hinter einem Sichtschutz dicht aneinandergedrängt dasitzen zu müssen, war noch nicht einmal die seltsamste oder intimste Sache, die sie in all den Jahren, in denen sie als falsche Freundin gearbeitet hatte, mit einem Kunden hatte tun müssen. Irgendwie fühlte es sich mit Liam anders an. Sie wusste natürlich, dass all das nur gespielt war. Aber sie wollte, dass es echt war.

„Wenn es wegen des Geldes ist, das ich dir überwiesen habe“, sagte Liam, „tut es mir aufrichtig leid. Ich wollte nicht, dass du den Eindruck bekommst, ich hätte Hintergedanken. Habe ich nämlich nicht.“

Riah musste darüber, wie aufrichtig er war, lächeln. „Ich weiß“, erwiderte sie. Dann hielt sie inne, um sich darauf vorzubereiten, näher an Liam heranzurücken. Sie bewegte sich so, dass sie sich an seine Seite lehnte, die Wange an seiner Schulter. Sie unterdrückte ein zufriedenes Seufzen. Es fühlte sich an, als wäre sie dazu bestimmt, hier neben ihm zu sein. Sein Körper war so warm und beruhigend, dass Riah fast vergaß, dass sie noch mehr hatte sagen wollen. „Ich wollte dich nicht in irgendeiner Weise beunruhigen. Es ist nur ... in meinem Job kommt das häufiger vor, als man denkt."

Liam spannte sich an und legte vorsichtig seinen Arm über ihre Schultern. Riah konnte nicht anders, als sich noch ein bisschen näher an ihn zu schmiegen. „Ich wünschte, du hättest diese Erfahrungen nicht gemacht", sagte er. „Und dass ich dich nicht an sie erinnert hätte."

Er gab ihr das Gefühl von Sicherheit und Geborgenheit, und zwar auf eine Art und Weise, die ganz neu für sie war. Sie kannten sich kaum, und doch ... Es fühlte sich an, als hätte sie ihn schon ihr ganzes Leben lang gekannt. Das schien so absurd, und doch gefiel es Riah. Sie wollte sich daran festhalten und es *wahr* werden lassen.

Warum konnte das alles nicht echt sein? Riah hatte sich so lange gewünscht, die wahre Liebe und echte Romantik zu finden. Das war mit natürlich nicht das, was sie jetzt für Liam empfand. Das durfte nicht sein. Aber konnte sich dieser Funke nicht zu Liebe entwickeln, wenn er genährt werden würde?

Riah biss sich auf die Lippe. Auf der Bühne auf der anderen Seite der Halle wurde das erste Kunstwerk vorgestellt. Aus der Ferne sahen sie und Liam zu, wie das Bieten begann. Aus seiner Manteltasche holte er die Spielkarte hervor, die man ihnen beim Betreten des Bankettsaals gegeben hatte. Aber ... das war ja gar keine Spielkarte! Sie war zu groß. Auf der Rückseite stand „28", genau wie an dem Stand, an dem sie saßen. Und die Vorderseite war ein digitaler Bildschirm.

Sie lehnte sich näher heran, um zu sehen, was darauf stand. Sie hatte noch nie in ihrem Leben ein so dünnes

Tablet gesehen. „Ist das das aktuelle Gebot für das Gemälde?“, fragte sie.

„Schon dreißig Millionen.“ Liam pfiff beeindruckt.

Das Gemälde wurde verkauft, und es ging weiter zum nächsten Kunstwerk. Und dem nächsten. Und dann zum nächsten. Liam gab hier und da ein Gebot ab, wahrscheinlich um den Anschein zu erwecken, nicht völlig desinteressiert zu sein. Aber er beteiligte sich nie an den Bieter-Kriegen, in die einige andere Gäste zu geraten schienen. Obwohl das Bieten immer kompetitiver und härter wurde, achtete Riah kaum darauf, weil Liam nicht mitbot. Sie saßen einfach schweigend da, tranken ihren Wein und aßen ihre Garnelen.

Nach einer Weile ließ sich Riah gegen Liams Seite sinken, und ihr fielen die Augen zu. Sie könnte hier einschlafen, mit Liams Arm um ihre Schultern. Erst als sie sich ungestört ihren Gedanken hingab, fiel ihr auf, dass sie sich eher darüber ärgerte, dass Liam so oft wiederholt hatte, er hätte kein Interesse an etwas, das über ihr Fake-Date hinausging – anstatt über seine subtile Andeutung, dass er mehr wollte. Denn anders als bei ihren anderen Kunden wünschte sie sich sehnlichst, von Liam nach Hause gebracht zu werden und sich mit ihm im Bett zu vergnügen.

Bei dieser Vorstellung strömte eine Hitzewelle durch sie hindurch und setzte sich zwischen ihren Schenkeln fest. Sie wollte etwas, das sie nicht haben konnte. Liam begehrte sie nicht auf diese Weise.

Er bot auf den Krummsäbel, den sie sich in der Galerie angeschaut hatten, und kaufte ihn. Für fünfundvierzig Millionen.

Um sich abzulenken, konzentrierte sich Riah wieder auf die metallene Statue. „Die Statue“, sagte sie. „Was ist daran so wichtig? Sie ist schön, aber … Ich habe gesehen, wie die

Sicherheitsleute sie mit Argusaugen bewacht haben. Warum willst du sie?“

Liam tippte etwas auf den kleinen Bildschirm. Ein Gebot für 300 Millionen Dollar. Riah sah, dass es gerade um die „Drachenperle“ ging.

„Sie wurde ... von meinem Kunden gemacht“, antwortete er. Er tippte wieder auf den Bildschirm. Der Preis stieg stetig an. Jetzt war er bei 400 Millionen Dollar. „Sie war nie zum Verkauf bestimmt. Er will es zurück.“

Riah beobachtete entsetzt den steigenden Preis für die Drachenperle, auch wenn sie jedes Wort, das Liam sagte, mit Interesse verfolgte. 450 Millionen Dollar. Liam klopfte, um sein Gebot zu erhöhen.

„Ist dein Kunde ein berühmter Künstler?“, fragte sie.

Er lachte. „Das könnte er sein, wenn er es wollte, aber er ist ein schwieriger Mann.“

Riah war sich nicht sicher, was sie davon halten sollte. Ihrer Meinung nach wurde jemand berühmt, sobald sich genügend Leute für seine Kunst interessierten. Darüber hatte man keine Kontrolle. Wenn Liams Klient allerdings nicht berühmt war, würde der Rückkauf vielleicht nicht so wahnsinnig teuer sein, anders als bei dieser Drachenperle. 505 Millionen Dollar ... Aber so, wie die Sicherheitsleute die Statue bewacht hatten, war Riah sich da nicht so sicher. Sie musste wertvoll sein, um zwei eigene Wachleute zu rechtfertigen.

„Letzter Aufruf“, sagte der Auktionator auf der Bühne. „Die erste chinesische Drachenperle, die seit Jahrhunderten auf dem Markt ist. Sie werden keine weitere Chance auf diese Perle bekommen. Sie lässt sich zwar nicht für Kämpfe verwenden, aber man sagt, dass Drachenperlen ihrem Besitzer sehr viel Glück und einigen wenigen sogar Hellsichtigkeit bescheren.“

Das Gebot ging nach oben, und der Auktionator grinste. „Haben wir 520 Millionen Dollar? Zum Ersten."

Liams Finger schwebte über der Angebotsnummer. Es ging nicht nach oben.

„Zum Zweiten!"

Riah legte eine Hand auf Liams Arm. Sie war verwirrt. Warum sollte er so viel Geld für ein Kunstwerk ausgeben wollen, das von einem schmierigen Verkäufer eindeutig überbewertet wurde? Die Drachenperle war wunderschön, aber es war unmöglich, dass irgendetwas jemandem Glück und Hellsichtigkeit verleihen konnte. Riahs Bauchgefühl sagte ihr, dass Liam auf so etwas nicht hereinfallen würde.

„Ist das nicht nur Aberglaube?", fragte sie. „Glaubst du wirklich, was er sagt?"

Liam sah sie nicht an. „Ich kann mir den Luxus, ungläubig zu sein, nicht erlauben." Er tippte auf den Bildschirm und bot 520 Millionen Dollar.

Riahs presste entsetzt die Hand auf ihren Mund. Warum sollte er diese Drachenperle kaufen wollen?

„Verkauft! An Gruppe 28", sagte der Auktionator. „Das ist das letzte Angebot für diesen Abend. Nächste Woche haben wir ein ganz besonderes Kunstwerk für Sie. Eines, das Sie noch nie gesehen haben ... " Er redete weiter, aber Riah war nur auf Liam fokussiert.

Er stieß einen resignierten Seufzer aus. Dann stand er auf und streckte sich. Er hob das letzte Stück Garnele vom Tablett und trank den letzten Schluck seines Weins aus. Riah saß einfach nur schockiert da und sah ihm zu. Sie wusste nicht, was sie tun sollte. Sollte sie einfach ignorieren, dass er gerade mehr Geld ausgegeben hatte, als Riah in hundert Leben verdienen würde?

Riah folgte ihm in den hinteren Teil des Saals, wo er seine Einkäufe bestätigte und bezahlte. Sie sagte wenig, außer wenn sie dazu aufgefordert wurde, da sie tief in Gedanken versunken war und sich über alles wunderte, was bis jetzt passiert war. Sicherlich würde niemand, der bei klarem Verstand war, so viel Geld für irgendwelche Kunstgegenstände ausgeben. Aber ... Riah tröstete sich mit dem Gedanken, dass es vielleicht gar nicht Liams Geld war. Vielleicht war es das seines Kunden.

Riah lehnte sich wieder an Liams Seite, als sie den Käuferbereich verließen und sich auf den Weg zum Ausgang machten. Elektrische Stromstöße rasten durch Riahs Körper, wann immer er sie berührte. Sie waren die Einzigen in der Halle, also blieb Riah stehen.

„Hey ...", sagte sie, fand aber zunächst nicht die richtigen Worte. „Kannst du mir sagen, was das alles soll? All diese seltsamen Objekte ... Du kannst mir doch nicht erzählen, dass das eine normale Kunstauktion war."

Er zog sie näher an sich heran, sodass es für ahnungslose Besucher so aussah, als wären sie ein liebendes Paar in einer innigen Umarmung. Riahs Herz schlug wie verrückt, und sie starrte in Liams topasfarbenen Augen.

„Du hast recht, und das ... das ist etwas, das ich dir eigentlich nicht erzählen sollte, aber ...", sagte Liam mit leiser Stimme, „das war keine normale Auktion."

„Was war es dann? Vieles davon sah überhaupt nicht nach Kunst aus, nicht einmal nach abstrakten Maßstäben."

„Ich kann verstehen, dass du verwirrt bist, aber es gibt ein paar Dinge auf dieser Welt, die sich nicht erklären lassen." Er hielt inne und schaute weg. „Vielleicht erzähle ich dir vor unserer nächsten Verabredung mehr. Es sieht so aus, als ob wir wegen der Statue wiederkommen müssten."

Er wollte sich von ihr abwenden, aber jemand anderes betrat den Korridor. Riah wollte nicht aufhören, in Liams Augen zu starren. Egal wie verwirrt sie war, was das betraf, war sie sich ganz sicher: Sie wollte, dass Liam sie küsste, und er hatte nicht vor, es zu tun.

Und dann sah sie, wer den Flur entlangging. Das sandfarbene Phantom, das sie kurz vor der Auktion zu sehen geglaubt hatte. In einem Augenblick der reinen Panik gab Riah ihrem Verlangen nach Liam nach. Sie schlang ihre Arme um seinen Hals und zog sein Gesicht an ihres, sodass es aussah, als hätte er sie gegen die Wand gedrückt.

Colin pfiff, als er an ihnen vorbeiging, schien Riah aber nicht zu bemerken, denn ihr Gesicht war hinter Liams Kopf verborgen, der seine starken Arme um sie geschlungen hatte. Aber in dem Augenblick, als sich ihre und Liams Lippen tatsächlich berührten, vergaß sie Colin völlig. Sie küsste Liam mit dem aufgestauten Verlangen, das angefangen hatte, sich in ihr zu bilden, als sie sein Foto gesehen hatte. Es war stärker geworden, als sie sich im Park getroffen hatten. Und als sie zur Auktion gekommen waren und er ihre Taille umfasst hatte, als wäre es die natürlichste Sache der Welt.

Und zu ihrer Überraschung erwiderte Liam den Kuss. Zuerst zögernd, genauso verwirrt wie sie. „Riah, ich … ich dachte nicht, dass …“

„Pst“, machte sie, „es sei denn, du willst mich nicht küssen.“

Liam schien das als Herausforderung zu betrachten. Er küsste sie leidenschaftlicher, heftiger, drückte sie sogar gegen die Wand. Seine Hände glitten seitlich an ihrem Körper hinunter, über ihre Hüften, bis zum Schlitz ihres Kleides, wo er seine rauen Hände auf ihre Schenkel legte. Feuerblitze explodierten in ihr, und sie stöhnte in Liams Mund. So fühlte es sich also an, jemanden zu küssen, den sie wirklich küssen wollte. Es war so lange her. Jahre vielleicht. Aber Liam zu küssen war etwas ganz anderes. Und sie wollte nicht, dass es nur beim Küssen blieb.

Ein leises Knurren drang aus Liams Kehle, und Riah war hin und weg. Flammen der Begierde breiteten sich in ihr aus, siedelten sich in ihrer Brust und zwischen ihren Beinen an. Sie brauchte mehr von Liam. Alles von ihm. Sie ließ ihre Hände besitzergreifend über seine Brust gleiten, spürte deren kraftvolle Muskeln und diejenigen an seinem Bauch.

Bevor sie überhaupt wusste, was sie da sagte, stieß Riah hervor: „Bring mich zu dir nach Hause."

Liam knabberte an ihrer Lippe, und ihre Augen rollten nach hinten. „Bist du sicher?", fragte er.

Riah war im Begriff, ihre wichtigste Regel zu brechen, seit sie angefangen hatte, als falsche Freundin zu arbeiten: kein Sex mit Kunden. Aber sie glaubte nicht, dass sie es auch nur ansatzweise bereuen würde.

„Ja", keuchte sie. „Lass uns gehen."

7

LIAM

Liams Wohnung war zum Glück nicht allzu weit entfernt. Er und Riah stürmten durch die Vordertür und stolperten hinein, bis sie das Schlafzimmer erreicht hatten. Ein schwaches Licht erhellte den Raum und offenbarte das Kingsize-Bett, aber nicht viel mehr.

Liam konnte seine Hände nicht von Riah lassen. Gott, sie war so sexy in diesem Kleid. Es schmiegte sich perfekt an ihre Figur, und diese Beine … Er berührte ihren Oberschenkel, und sie keuchte, als er seine Hand weiter nach oben gleiten ließ. Ihre heißen Zungen umschlangen einander, aber Liam wollte noch viel mehr von ihr schmecken.

„Ich wollte dir dieses Kleid vom Leib reißen, seit ich dich heute Abend abgeholt habe“, flüsterte Liam mit heiserer Stimme. „Welche Geheimnisse versteckst du darunter?“

Riahs Berührung war elektrisierend. Strom kräuselte sich seine Arme hinauf und durch das Innere seines Körpers, als ihre Hände von seinen Armen zu seiner Brust strichen. Während sie ihn küsste, knöpfte sie langsam sein Hemd auf.

„Du wirst es herausfinden ... mmm", murmelte sie gegen seine Lippen, schien dann aber die Sprache zu verlieren, als Liam seine Hand noch weiter ihr Bein hinaufgleiten ließ und sich am Bund ihres Höschens zu schaffen machte.

Riah schob Liams Hemd über seine Schultern, und er drückte sie gegen das Bett, sodass ihre Hände darauf Bett lagen, aber ihr Hintern ihm ganz zur Verfügung stand. Er schob den weichen Stoff ihres Kleides beiseite und entdeckte, dass sie nur einen kleinen, schwarzen Tanga trug. Es war verdammt heiß, sie so gebückt vor sich zu sehen, ganz bereit für ihn. Liam zog ihr das Höschen über die Pobacken, sodass es um ihre Oberschenkel lag. Er drückte ihren Hintern mit beiden Händen zusammen, und Riah stöhnte.

„Fick mich", befahl sie.

Liam beugte sich vor und küsste ihren Hintern. „Noch nicht", erwiderte er und biss hinein.

Sie keuchte, und als Reaktion darauf versohlte Liam ihr den Hintern. Sie lachte und fiel nach vorne, sodass ihre Brüste gegen die Matratze gedrückt wurden. „Willst du mich zum Betteln bringen?", fragte sie.

Liam wollte noch ein paar Dinge mit Riah anstellen, bevor er seinen Schwanz in sie stecken würde. Er stellte sich vor, wie sich das anfühlen würde, aber er wusste, dass es noch besser werden würde, wenn er wartete und ihr zuerst noch ein wenig Vergnügen bereitete. Er schob einen Finger zwischen ihre Beine und rieb ihre feuchten, empfindlichen Schamlippen. Sie erzitterte bei seiner Berührung, und Liam, ermutigt durch ihre Reaktion, strich sanft über ihre Klitoris.

„Liam …“, keuchte sie, und ihr gesamter Körper spannte sich an.

Ihre Muschi tropfte und war bereit für ihn, und es kostete Liam all seine Willenskraft, nicht einfach seinen Reißverschluss zu öffnen und ihr zu geben, was sie wollte. Aber er wollte sie schmecken. Nein, er musste es. Als er den Reißverschluss ihres Kleides öffnete und es an ihrem schlanken Körper herunterrutschte, erwachte sein Drache in ihm und drängte Liam, alles andere zu überspringen und sich in sie hineinzuschieben. Aber Liam schob diesen Gedanken beiseite. Er wollte Riah lecken, und sein Drache konnte nichts dagegen tun.

Sobald Riahs Kleid auf dem Boden lag, klapste Liam Riah ein weiteres Mal auf den Hintern. Sie keuchte und schob ihn weiter nach hinten, als ob sie nach mehr verlangte. Er fuhr ihre Wirbelsäule hinauf zu ihrem BH-Träger und genoss es, wie ihr Körper unter seiner Berührung bebte. Er öffnete auch ihren BH, und sie zog ihn aus und warf ihn beiseite. Jetzt, da das störende Kleidungsstück weg war, drehte Liam sie auf den Rücken. Ihre Brüste wippten, als sie sich bewegte, und diese Bewegung hypnotisierte ihn. Ihre Nippel waren hart von der kühlen Luft des Schlafzimmers.

Riah, die bemerkte, dass er sie anstarrte, nahm ihre Brüste in die Hände und begann, damit zu spielen. Sie biss sich auf die Lippe. „Gefällt dir, was du siehst?“, fragte sie.

„Ja“, presste Liam hervor, während er sein Kinn auf ihren Bauch senkte. „Hör nicht auf, an dir zu spielen.“

Sie schenkte ihm ein freches Grinsen, als er ihren Bauchnabel küsste. Ihre Augen leuchteten vor Vorfreude, als er seine Hände um ihre Oberschenkel legte und ihre Beine weiter spreizte. Er bewegte seinen Mund tiefer und tiefer und beobachtete, wie sich ihr Gesichtsausdruck jedes

Mal ein wenig veränderte. Sie zitterte, als er schließlich ihre Schamlippen küsste. Ihre goldenen Augen waren ganz verhangen vor Lust. Sie verzehrte sich so sehr nach ihm wie er sich nach ihr.

Er legte seine Lippen um ihre Klitoris und saugte sanft daran, was ihr leises Töne entlockte.

„Verdammt schmeckst du gut", sagte Liam und saugte ein bisschen fester. Dabei beobachtete er Riahs Gesicht. Sie zitterte am ganzen Körper und knetete immer noch ihre Brüste – aber nicht mehr so konzentriert wie zuvor.

Liams Zunge wanderte an ihrem Kitzler entlang und ein wenig tiefer, um ihr weitere Töne zu entlocken. Sie keuchte und zitterte, und ihre Hände ließen ihre Brüste los und griffen nach dem Laken.

„Ich habe nicht gesagt, dass du aufhören sollst", sagte er, entfernte seinen Mund von ihrer Muschi und drohte damit, ebenfalls aufzuhören.

Riah stieß ein frustriertes Stöhnen aus. „Du bist ein ganz schön böser Junge", sagte sie, aber ihre zittrigen Hände umfassten ihre Brüste wieder. In langsamen Kreisen strichen ihre Finger um ihre Brustwarzen.

Während sie mit sich selbst beschäftigt war, schob Liam seine Zunge in sie hinein. Sie sog scharf die Luft ein und stieß ein langes, gedehntes Stöhnen aus, das bei jeder Bewegung von Liams Zunge länger wurde. Er genoss jeden Ton, den sie von sich gab, jeden Tropfen von ihr, der ihm entgegenkam. Noch nie hatte er etwas so Köstliches geschmeckt wie Riah. Und dabei hatte sie nur eine Nacht lang so getan, als wäre sie seine Frau. Wie wäre es, sie wirklich als die Seine zu haben, jede Nacht? Noch nie hatte er sich diese Frage gestellt, außer jetzt, mit Riah.

Der seltsame Gedanke verschwand so schnell, dass er ihn nicht weiterdenken konnte, als sich ihre Innenwände um seine Zunge drückten. Liam war entschlossen, alles von ihr zu kosten, und er bewegte sich schneller, massierte sie mit seinen Lippen. Sie war köstlicher, als er es sich je hätte vorstellen können, und er wollte mehr von ihr. Seine Erektion wölbte sich in seiner Hose und wollte befreit werden.

Als er aufblickte, war er froh zu sehen, dass sie immer noch mit ihren Brüsten spielte. Aber sie war nun nach hinten gebogen, keuchte, und ihr ganzer Körper zitterte. Sie war nahe dran, Liam konnte es auf seiner Zunge spüren. Er hätte sie kommen lassen können, aber er zog seine Zunge vorsichtig zurück und löste sich von ihren Beinen. Anstatt ihr zwei Orgasmen zu schenken, würde er ihr den besten ihres Lebens geben. Einen, den sie niemals vergessen würde.

Sie stöhnte wütend auf und fragte: „Warum? Oh, Gott, ich war so nah dran …"

Er küsste die Innenseite ihres Oberschenkels. Ihre Muschi glitzerte im schwachen Licht, und Liam gefiel, wie sie pulsierte und bebte, so nah an der Ekstase und doch so weit entfernt.

„Warte ab", antwortete Liam. Seine Hose und Boxershorts fielen herunter, und er nahm seinen großen Schwanz in die Hand. Er rieb ihn an ihrem Bein, und sie schaute mit schweren Lidern zu ihm auf. „Es wird sich lohnen."

Liam hatte sich noch nie in seinem Leben etwas so sehr gewünscht wie Riah. Er wünschte sich nicht nur, seinen Schwanz in sie hineinzustecken und dieses unglaubliche Verlangen zu befriedigen, das tief in seinem Inneren vibrierte, sondern er wollte *sie*. Er wollte mehr über ihr Leben erfahren, wie sie tickte, was für ein Mensch sie wirklich war. Während der Auktion hatte Liam gewusst, dass sie schauspielerte. Das hatten sie so vereinbart. Aber er hatte trotzdem das Gefühl gehabt, dass da mehr gewesen war.

War es verrückt, so etwas zu denken? Ja, vielleicht. Jetzt würde er einfach so tun, als wäre sie ganz sein. Er wollte hören, welche Töne sie von sich geben würde.

Er war über sie gebeugt, und sein Schwanz schob sich zwischen ihre Schenkel. Dann tiefer, und er glitt zwischen ihre feuchten Schamlippen. Ihre Blicke trafen sich, und das wilde Verlangen in Riahs Augen spiegelte sein eigenes wider. Sie brauchten das nun beide. Er schob seine Eichel genau in ihren Eingang, und Riah zitterte als Antwort. Ein langsames, gehauchtes Stöhnen folgte, als Liam tiefer eindrang.

Er warf seinen Kopf zurück und rief: „Gott, Riah, du bist so perfekt."

Innerlich wurde ihm mit jedem seiner langsamen Stöße heißer. Seine Lust baute sich auf, baute *die ihre* auf. Er war das Zündholz und sie das Feuer, ihre lodernde Hitze verzehrte ihn im Nu. So war es schon gewesen, als sie sich kennengelernt hatten. Sie hatten auf diesen Moment gewartet, in dem ihre Körper die Chance haben würden, sich gegenseitig zu entzünden. Riah drückte sich an ihn und hob ihre Hüften, um Liam besseren Zugang zu gewähren. Ihr Kopf fiel nach hinten in die Kissen, und während Liam ihre gierige Flamme schürte, legte er sich ganz auf sie und schlang seine Arme um sie, um ihren Körper ganz mit seinem zu umhüllen. Sie war die perfekte Ergänzung für ihn, seine zweite Hälfte, von der er gar nicht gewusst hatte, dass sie ihm fehlte.

Jeder ihrer Muskeln bebte und spiegelte ihr Verlangen wider. Sie fuhr mit ihren Fingern über seinen Rücken, und er stöhnte, als sie ihn mit ihren Nägeln kratzte. Mehr. Er brauchte mehr. Er vergrub sein Gesicht an ihrem Hals, küsste, biss und leckte, schmeckte ihre süß-salzige Haut, bevor er ihre Lippen fand und sie mit seinen vereinte. Liams

Stöße wurden schnell und fest. Beide näherten sich dem Höhepunkt.

Und schließlich fiel Riah über diese Klippe der Lust. Sie unterbrach ihren Kuss, um zu schreien, und sie schloss sich um ihn – nicht nur ihre Muschi, sondern ihr ganzer Körper. Sie krallte sich an seinem Rücken fest, griff nach ihm und klammerte sich an ihn, als ginge es um ihr Leben. Liam machte weiter. Er wollte nicht zulassen, dass das Feuer in ihr erlosch, und obwohl sein Verlangen in ihm groß war, bereit, mit ihr zu explodieren, wartete er, hielt es zurück ... Und dann, als Riahs Höhepunkt abzuflauen begann, drückte sie ihr Inneres fest um ihn und schickte ihn damit über die Klippe.

Liam stöhnte in ihren Mund, während er in ihr anschwoll und pulsierte. Bei jedem weiteren, verzweifelten Stoß gelangte Riah wieder an diesen erhabenen Ort – er sah es ihr an, sah es an dem sich Zusammenziehen und Entspannen ihrer Muskeln.

Und schließlich kamen ihre Körper wieder zur Ruhe, obwohl ihrer beider Atem noch rasch ging und ihre Herzen rasten. Liam zog Riah ganz fest an sich und weigerte sich, sie loszulassen. Nichts könnte nun zwischen sie kommen und sie voneinander trennen – außer der Schlaf.

Am nächsten Morgen prasselte der Regen gegen das Fenster und weckte Liam sanft aus seinem Schlaf. Es lag ein deutlicher Geruch in der Luft, als er einatmete – Riahs Duft. Sie lag immer noch an seine Brust geschmiegt und schlief fest. Es musste früh sein, sechs Uhr morgens oder so, denn keiner von Liams Weckern hatte bisher geklingelt. Durch das Fenster an der gegenüberliegenden Wand konnte er sehen, dass gerade die ersten, zarten Lichtstreifen am Himmel auftauchten.

Er richtete sich ein wenig auf, um seinen Kopf über ihren zu legen. Er schloss die Augen, atmete ihren Duft ein und stieß einen zufriedenen Seufzer aus, während er über die letzte Nacht nachdachte. Die Auktion war nicht wie erwartet verlaufen, und er hatte definitiv nicht geplant, Riah nach Hause mitzunehmen, um mit ihr zu schlafen. Sie war wunderschön und sexy und hatte alles, was er sich bei einer Frau wünschte. Er hatte sie begehrt, seit er ihr Foto gesehen hatte, und hätte sich keine bessere Art vorstellen können, die Nacht zu beenden.

Riah war im wahrsten Sinne des Wortes berauschend, und als er jetzt neben ihr lag, war er berauscht von ihr und den Erinnerungen an ihre gemeinsame Nacht. Wärme breitete sich in ihm aus, allein bei dem Gedanken daran, und sein Schwanz versteifte sich wieder. Er hatte nie vorgehabt, mit ihr zu schlafen, aber er bereute es nicht, überhaupt nicht. Er hatte noch nie in seinem Leben so tollen Sex gehabt. Die Art und Weise, wie Riahs Körper sich mit seinem bewegt hatte, wie sie ihre Arme und Beine um ihn geschlungen hatte … Verdammt, Liam hatte Riah diese Nacht nie vergessen lassen wollen, aber er würde sie auch nie vergessen.

Riah hatte etwas an sich, das Liam nicht erklären konnte. Es war, als wäre er seit ihrem ersten Händedruck mit ihr im Einklang. Die Art, wie sie sich bewegte und roch, der Klang ihrer Stimme. Er konnte nicht genug von ihr bekommen. Und er wollte das auch nicht. Er wollte hier neben ihr bleiben, hoch in den Wolken, für immer.

Aber … als Liam langsam wacher wurde, war es eher so, als würde er von dieser himmlischen Wolke fallen. Ein weiteres Mal mit Riah zu schlafen, unter den gegebenen Umständen, schien beinahe unmöglich. Sie hatte ihm von Anfang an deutlich gemacht, dass sie nicht mit Kunden schlief. Liam hatte das respektiert. E hatte nie vorgehabt, diese Regel zu brechen. Er hatte gedacht, er könnte sich beherrschen.

Aber als sie ihn geküsst hatte und nur sie beide in diesem Flur gestanden hatten, hatte sie etwas Wildes in ihm ausgelöst. Er hätte sie gleich dort an Ort und Stelle nehmen können, wenn er seine Selbstkontrolle verloren hätte. Aber er und sein Drache waren in der Lage gewesen, sich zurückzuhalten.

Tatsache war jedoch, dass Liam Riah bezahlt hatte, und das war nicht von der Hand zu weisen. War sie wegen des Geldes hier bei ihm oder weil sie ihn tatsächlich so sehr begehrt hatte wie er sie? Gerne würde er glauben, dass sie hier war, weil sie ihrem Verlangen, das sie erfasste, wenn sie einander berührten, nicht hatte widerstehen können, wie es bei ihm der Fall war. Aber letztlich konnte er es nicht mit Sicherheit zu wissen.

Letzte Nacht hatte sich Liam einer Fantasie hingegeben und sich versprochen, sie am Morgen wieder ziehen zu lassen. Aber jetzt stiegen Zweifel in ihm auf. Wie würde Riah reagieren?

Bei dem Gedanken an sie regte sie sich in seinen Armen. Er hatte sie einfach nur gehalten, dankbar und glücklich, ihren Körper an seinen pressen zu können. Sein Herz schlug vor Aufregung und Angst vor dem, was als Nächstes passieren würde.

Dennoch konnte er spüren, wie sie sich innerlich voneinander entfernten, als Riah erwachte und sich von

Liam löste. Er zog sich tiefer in sich selbst zurück, bereit, sich unberührbar zu machen, sich zu schützen. Sie dachte bestimmt, dass das hier ein Fehler gewesen war. Es war so naiv von ihm gewesen, sich dieser Fantasie hinzugeben, dass zwischen ihnen mehr sein könnte.

Liam kratzte sich am Hinterkopf und streckte die Arme aus. „Guten Morgen“, sagte er.

Sie setzte sich neben ihm auf und rieb sich den Schlaf aus den Augen. Sie blinzelte, langsam, als ob sie erst jetzt realisierte, dass er da war.

„Morgen“, erwiderte sie und stieg dann aus dem Bett. Sie suchte nach ihren Sachen und hob ihr Kleid sowie ihre Unterwäsche vom Boden auf.

Er beobachtete sie stumm. Sie sollten wenigstens darüber reden, oder? Was sie getan hatten – was Liam gefühlt hatte? Die Art, wie sie ihn angesehen hatte? Das konnte nicht alles nur seine Einbildung gewesen sein.

Riah zog ihr Kleid an, und es sah an ihr wieder genauso phänomenal aus wie am gestrigen Abend. Die Stille lastete wie Blei auf ihnen. Es war ein Gewicht, das Riah in diesem Kleid fehl am Platz wirken ließ – und sie selbst schien sich auch fehl am Platz zu fühlen. Der gestrige Abend, an dem sie so getan hatte, als wäre sie seine Frau, schien meilenweit weg zu sein.

Liam schluckte. „Wegen letzter Nacht …“, hob er an. „Sollten wir nicht …“

„Ist schon in Ordnung“, antwortete sie, ein wenig zu schnell. „Die Auktion hat Spaß gemacht.“

Wieder breitete sich betretenes Schweigen zwischen ihnen aus. Liam wollte nicht über die Auktion sprechen. Er hatte seit dem Aufwachen kaum darüber nachgedacht, hatte sich kaum gefragt, warum eine von Richters Metallstatuen überhaupt auf der Auktion gewesen war. Alles, was ihn jetzt interessierte, war Riah, und sie glitt ihm durch die Finger. Er wusste nicht, was er sagen sollte, denn er wollte es nicht noch schlimmer machen. Er dürfte nach so kurzer Zeit doch nicht so für sie empfinden. Sie waren Fremde, und doch ... waren sie es auch wieder nicht. Liam wollte nicht, dass es sich so anfühlte. Wie könnte er das in Worte fassen, ohne verrückt zu klingen? Er wusste nicht, wie. Er wusste nicht, wo er anfangen sollte.

„Spaß. Genau", sagte er schließlich. „Ich werde mich bald wegen des nächsten Termins bei dir melden."

Riah hatte sich fertig angezogen und drehte sich um. Er konnte ihren Gesichtsausdruck nicht deuten. Würde sie vielleicht gar nicht zu der zweiten Auktion mitkommen wollen? Würde er sie nach dem hier jemals wiedersehen?

„Wir bleiben in Kontakt", erwiderte sie. Sie schnappte sich ihre Handtasche vom Bettende und verschwand durch die Schlafzimmertür.

Liam lauschte auf ihre Schritte auf der Treppe und dann auf das leise Klicken der Tür, als sie die Wohnung verließ. Er seufzte tief. Wie hatte er eine so wunderbare Nacht mit dieser Frau haben können, und nun lag alles in Scherben? Warum fand er in Rias Nähe nicht die richtigen Worte?

Warum hatte er das Gefühl, etwas sagen zu müssen?

Sie hatten ihre Verabredung in der Erwartung geplant, einen angenehmen Abend auf der Auktion zu verbringen. Obwohl Liam auf der Hut gewesen war, war es schwierig gewesen, das nur als Arbeit zu betrachten, da er wirklich jeden Augenblick mit Riah genoss. Auf der Veranstaltung hatte es nur so von Claws gewimmelt, aber keiner von ihnen hatte sich um ihn und Riah geschert. Ihr Leben war nicht in Gefahr gewesen, und Liam hatte sich erlaubt, davon zu träumen, dass Riah vielleicht mehr sein könnte als nur seine Fake-Ehefrau.

Ihr gemeinsamer Abend war fantastisch gewesen, besser als erwartet, noch bevor sie zu Liams Wohnung gefahren waren. Er sollte einfach akzeptieren, dass es wunderschön und unverhofft gewesen war – und fertig. Und doch war es nicht einfach zu vergessen, dass Riah Liam dazu brachte, etwas zu empfinden, das er noch nie zuvor empfunden hatte.

8

RIAH

Riah saß, mit einer dampfenden Tasse Kaffee in der Hand, auf der Hintertreppe ihres Hauses und sah ihrem Nachbarn beim Rasenmähen zu. Die klapprige Maschine drehte sich und ruckelte über den Rasen. Dabei verscheuchte sie die Vögel, die im Brunnen geplanscht hatten. Es gab Zeiten in ihrem Leben, da hatte sie sich für einen Vogel gehalten: leicht und frei und unabhängig, das zu tun, was sie wollte, zu sein, wer sie wollte.

Aber ein Vogel zu sein, bedeutete nicht nur Fliegen und Freiheit. Es bedeutete auch Zerbrechlichkeit, Wankelmütigkeit und verängstigt sein. Momentan fühlte sich Riah nicht so, als wäre sie frei. Sie fühlte sich eher wie die kleinen Spatzen, die vom Rasenmäher erschreckt wurden.

Sie war vor Liam davongelaufen, verängstigt nach einer fantastischen Nacht. Einer Nacht, die sich mehr wie eine Fantasie angefühlt hatte, nicht wie die Realität. Die Nacht mit Liam zu verbringen war unglaublich gewesen. Die Auktion war wie im Flug vergangen, und sie hatte den Blick nicht von ihm wenden können. Als sie dann zu seiner Wohnung gefahren waren, hatte sie ihre Hände nicht von ihm lassen können. Mit Liam zusammen zu sein, war wie … wie das, was sie sich unter einem Drogenrausch vorstellte. Ein paar Stunden lang war es fantastisch gewesen, und dann, am nächsten Morgen, hatte sie die Wirklichkeit mit voller Wucht wieder auf den Boden der Tatsachen geschleudert.

All das war ein Fehler gewesen. Er war ihr Kunde, und sie hatte noch *nie* ihre Regel gebrochen, mit jemandem zu schlafen, für den oder mit dem sie arbeitete. Was zur Hölle war über sie gekommen? Auch wenn sich jede Minute davon fantastisch angefühlt hatte, als hätten sie und Liam eine Verbindung, die weit über einen gemeinsamen Abend und ein paar Textnachrichten hinausging. Aber sie kannten sich doch kaum. Sie bezweifelte, dass Liam Tellam überhaupt sein richtiger Name war.

Wenn er ihr seinen Namen nicht hatte verraten wollen, wie konnte sie dann darauf vertrauen, dass das, was zwischen ihnen passiert war, nicht nur gespielt war? Wie konnte sie darauf vertrauen, dass er sie nicht manipuliert hatte, um sie glauben zu lassen, er hätte keine unlauteren Absichten, nur um sie dann dazu zu bringen, mit ihm zu schlafen? Sie wusste nicht, was sie von ihm halten sollte. So oder so, sie war enttäuscht von sich selbst.

Sie war immer stolz darauf gewesen, ein Profi zu sein, und sie hatte diesen Ruf aus einer Laune heraus ruiniert. Sie konnte es nicht einmal auf den Alkohol schieben, denn sie hatte nur zwei Gläser getrunken.

Niemand außer ihr und Liam wusste, dass es passiert war, aber es reichte aus. Sie würde das schlechte Gewissen und die Ungewissheit noch lange mit sich herumtragen.

Seufzend trank sie ihren Kaffee aus, stand auf und ging hinein. Die Vögel flogen wieder zum Springbrunnen, und Riah betrat ihr Schlafzimmer, von dem aus sie in den

Innenhof schauen konnte. Sie klappte ihren Laptop auf und öffnete die LovelyGirls-Seite. Sie würde wahrscheinlich noch ein Date mit Liam haben, aber sie nahm keine Langzeitkunden mehr an, also würde ihr nächstes Date das letzte sein. Sie musste weitere Auftraggeber finden.

Würde er sie überhaupt zu einem zweiten Date einladen? So, wie sie seine Wohnung verlassen hatte, schien es unwahrscheinlich, dass er sie wiedersehen wollte. Es wäre bei der nächsten Auktion verdammt peinlich, wenn sie sich wie Mann und Frau verhalten sollten, aber kaum ein Wort miteinander reden konnten, weil sie miteinander geschlafen hatten, obwohl sie das nicht hätten tun sollen. Sie wollte den Auftrag nicht verlieren, vor allem nicht, da er sie bereits dafür bezahlt hatte ... Aber war sie wirklich noch die Richtige für den Job?

Riah klemmte sich eine Haarsträhne hinters Ohr und sah sich die neuen Gesuche an. So wie es aussah, könnte sie sich auf alles bewerben, was sie wollte, und weil sie auf der Website so gut bewertet war, würde sie in neun von zehn Fällen auch ausgewählt werden. Aber nichts interessierte sie sonderlich. Da waren Hochzeiten, Geburtstagsfeiern, Familientreffen. Riah hatte wenig Lust, sich mit einem anderen Mann zu befassen – geschweige denn mit dessen ganzer Familie.

Alles, woran sie denken konnte, war Liam. Warum ging er ihr nicht aus dem Kopf?

Mit ihm zu schlafen, war ein großer Fehler gewesen, und doch ... Je mehr sie darüber nachdachte, desto mehr wurde ihr klar, dass sie es eigentlich überhaupt nicht bereute. Mit ihm zusammen zu sein, hatte sich irgendwie perfekt angefühlt. Das Einzige, was Riah bedauerte, war, dass sie sich am Morgen so daneben verhalten hatte. Sie hätte zunächst nachdenken und verarbeiten sollen, was geschehen war, und ihm dann sagen sollen, dass sie nicht nur die *Auktion*, sondern vor allem die Zeit mit *ihm* genossen hatte. In mehr als nur einer Hinsicht. Und weil sie so in Eile gewesen war, hatte sie Liam unterbrochen, bevor er hatte sagen können, was er von der vergangenen Nacht gehalten hatte.

Verdammt, was dieser Mann mit seinem Mund angestellt hatte ... Es war pure Magie gewesen.

Sie konnte ihn immer noch zwischen ihren Beinen spüren, wie er an ihrer Klitoris saugte. Sie erschauderte bei dem Gedanken daran und presste ihre Schenkel zusammen, um die Empfindung zu unterdrücken.

Eine Benachrichtigung von der Website riss sich aus ihrer Träumerei, und sie wandte sich wieder ihrem Job zu. Sie hatte auf der LovelyGirls-Seite eine Nachricht erhalten. Jemand wollte sie für einen Auftrag nächste Woche anheuern. Der Typ war ganz süß, und die Anfrage kollidierte mit keinem ihrer sonstigen Termine oder ihrem nächsten Date mit Liam. Dennoch ertappte sich Riah dabei, wie sie desinteressiert auf die Nachricht starrte. Sie könnte hingehen, klar, aber warum sollte sie?

Liam wollte ihr nicht aus dem Kopf gehen. Sie würde nicht mit jemand anderem ausgehen können, wenn sie nicht aufhörte, an ihn zu denken. Sie würde sich nicht konzentrieren können, wenn ihre Gedanken ständig woanders wären.

Vielleicht hatte sich Serena geirrt, und Riah war für diesen Job doch nicht geeignet. Zweimal innerhalb einer Woche hatte Riah sich die Frage gestellt, ob sie das Thema „falsche Freundin" an den Nagel hängen sollte. Beim zweiten Mal hatte sie einen Fehler gemacht, nicht ihr Kunde. Vielleicht war es wirklich Zeit für einen Jobwechsel.

Bevor sie jedoch eine endgültige Entscheidung treffen

würde, wollte Riah noch einmal mit Serena sprechen. Auch wenn sie nicht die geeignete Kandidatin für gute Ratschläge bezüglich der Berufswahl war, so könnte Riah wenigstens über Liam sprechen können, ohne Schuldgefühle, und Serena würde ihr helfen, wieder einen klaren Kopf zu kriegen.

Sie wählte Serenas Nummer. „Hey", sagte Riah, als diese abnahm. „Willst du mit mir was essen gehen?"

RIAH UND SERENA trafen sich eine Stunde später in einem Bistro in der Innenstadt. Ihre beste Freundin saß bereits an einem Ecktisch des schicken Restaurants, und Riah nahm auf dem Wildledersitz gegenüber von Serena Platz, die gerade die Speisekarte durchblätterte. Sie trug ein schwarz-weiß kariertes Haarband, das ihre rot gefärbten Haare bändigte.

„Ich liebe dieses Lokal, aber es kommt mir vor, als wäre es eine Ewigkeit her, seit wir das letzte Mal hier waren", sagte Serena. „Wir gehen viel zu selten miteinander aus. Das müssen wir ändern."

Riah lächelte. „Ja, das würde ich gerne."

„Und? Wolltest du über etwas reden?"

„Wie kommst du darauf? Das ist doch nur ... ein Mittagessen."

Serena warf ihr einen ungläubigen Blick zu. „Ich konnte es deutlich an deiner Stimme hören. Und, jetzt wo ich dich sehe, lese ich es in deinem *Gesicht*. Hast du vergessen, dich zu schminken? Das muss das erste Mal sein. In den zehn

Jahren, in denen dich kenne, bist du nicht ein einziges Mal ungeschminkt rausgegangen."

„So, wie du das sagst, klingt das wie der Weltuntergang", brummte Riah und griff nach der zweiten Speisekarte. „Es ist doch nur Make-up. Und mir geht's übrigens gut."

„Klar, das redest du dir immer wieder ein. Du hattest gestern Abend ein Date, richtig?"

Bevor Riah antworten konnte, kam die Kellnerin und nahm ihre Getränkebestellungen auf. Riah bestellte eine Chai Latte, hatte aber noch nicht lange genug auf das Essen geschaut, um sich für eine Mahlzeit entscheiden zu können. Sie war jedoch am Verhungern. Sie hatte nicht viel gegessen, seit sie gestern Abend mit Liam ausgegangen war. Bei dem Gedanken an ihn krampfte sich ihr Magen zusammen.

„Ja. Ja, hatte ich", erwiderte sie und tat ihr Bestes, um neutral zu wirken. Aber Serenas Gesichtsausdruck nach zu urteilen, war ihr das nicht gelungen.

„So, wie du dreinblickst, ist es nicht so gut gelaufen. Ich habe dir gesagt, dass du dir erst mal eine Auszeit nehmen sollst. Dich beruhigen und deine nächsten Schritte planen. Was ist mit Hawaii passiert?"

„Hawaii war nicht wirklich ein Thema, jedenfalls nicht so schnell. Ich konnte doch nicht einfach so abreisen. Außerdem hatte ich noch ein paar Termine."

Wobei *„hatte"* hier das Schlüsselwort war. Bevor sie zum Mittagessen gefahren war, hatte Riah alles abgesagt, bis auf ihr nächstes Date mit Liam. Sie hatte überlegt, auch ihm abzusagen, wegen dem, was zwischen ihnen vorgefallen war. Sie brauchte etwas Zeit für sich, um darüber nachdenken zu können, was sie mit ihrem Leben anfangen sollte. Aber sie wollte ihn auch wiedersehen und nicht diejenige sein, die entschied, dass es keinen Sinn ergab.

Denn trotz ihres Fehlverhaltens, trotz der Tatsache, dass

alles komplizierter wurde, sobald Geld im Spiel war, konnte Riah nicht aufhören, an Liam zu denken. Sie sehnte sich nach dem Gefühl seiner Haut auf ihrer. Sie wollte, dass er sie noch weiter mit seinem Mund erforschte. Sie wollte sich mit ihm unter der Bettdecke verstecken und so tun, als gäbe es nur noch sie beide auf der Welt ...

Nein, nach ihrer gemeinsamen Nacht und den Empfindungen, die er in ihr entfacht hatte, durfte sie die Chance, ihn wiederzusehen, nicht verstreichen lassen.

„Das ist nur eine Ausrede, und das weißt du", sagte Serena. „Im Ernst, was ist los mit dir? Ist etwas passiert?"

Riah wäre am liebsten zusammengesackt und hätte den Kopf in die Hände gestützt, aber sie beherrschte sich. Sie sollte sich schämen für das, was sie getan hatte, nicht wahr? Aber Liam ... Sie seufzte nur und starrte stattdessen auf die Wand hinter Serena.

„Ich habe letzte Nacht mit einem Kunden geschlafen", antwortete Riah schließlich.

Ungläubigkeit blitzte auf Serenas Gesicht auf, gefolgt von Entsetzen, auf das schließlich ein breites Grinsen folgte. „Heilige Scheiße, Riah! Das ist eine ganz schön große Sache. Erzähl mir, was passiert ist! Erzähl mir *alles*! Wir sollten das feiern. Verdammt, wann wurdest du das letzte Mal flachgelegt?"

Riah verdrehte die Augen. Das war, mehr oder weniger, die Reaktion, die sie von Serena erwartet hatte. Aber sie hatte durchaus Vorteile. Sie versuchte nicht, Riah ein schlechtes Gewissen einzureden, weil sie mit einem Kunden geschlafen hatte.

„Es war ein ... Versehen", hob Riah an, nachdem die Kellnerin ihnen ihre Getränke gebracht und ihre Essensbestellungen aufgenommen hatte.

„Komm schon, Riah. Dein ‚Ups, ich bin ausgerutscht,

und mein heißer Kunde hat mich gevögelt‘ glaubt heutzutage keiner mehr“, erwiderte Serena. Ihr Grinsen war kein bisschen schwächer geworden. „Ich weiß nicht, ob du so etwas jemals gemacht hast. Er war doch *heiß*, oder?“

„Es hätte nicht passieren dürfen, aber er war ... anders als meine anderen Kunden. Ich weiß nicht, wie ich erklären soll, was ich für ihn empfunden habe.“

Riah erzählte, was passiert war, nachdem die Auktion vorbei gewesen war, und wie sie Colin, ihren Ex-Kunden, auf dem Flur gesehen hatte. Wie sie Liam geküsst hatte, um sich zu verstecken, und sie sich nicht hatten zurückhalten können, weiterzugehen.

„Mmm ...“ Serena schlürfte an ihrem alkoholfreien Bellini. „Das hört sich gut an: ‚Zum Ficken bestimmt‘.“

Riah seufzte.

„Hör mal, ich weiß, du machst dir Vorwürfe, weil du mit einem Kunden geschlafen hast und all diesen Unsinn. Aber glaubst du nicht, dass es bei einem Job wie diesem nur eine Frage der Zeit war? Eine Frau muss doch auch mal ihren Spaß haben. Wenn du die Extras, die Dates mit heißen Typen mit sich bringen können, nicht ausnutzt, wo liegt dann der Sinn? Abgesehen von dem Geld, natürlich.“

„Du hast wohl recht ... Aber das ist nicht das eigentliche Problem. Er war ... Liam war ...“ Riah biss sich auf die Lippe, unfähig, die richtigen Worte zu finden, um die Anziehung, die er auf sie ausübte, zu beschreiben. Sie hatte nicht von seiner Seite weichen, hatte mehr über ihn wissen wollen als über jeden anderen, mit dem sie jemals ausgegangen war. Sie hatte alle anderen Aufträge abgesagt, weil es sich irgendwie falsch anfühlte, mit jemand anderem auszugehen, wenn sie auch mit ihm ausgehen könnte.

Aber sie konnte nicht einfach vergessen, dass er sie bezahlte. Das war wie ein großes, rotes Warnlicht in der

Fantasie, die Riah in ihrem Kopf aufbaute, das sie darauf hinwies, dass sie nicht wirklich zusammen waren. Sie waren nicht wirklich Mann und Frau. Sie waren nur verdammt gut darin, so zu tun, als ob – sogar im Bett.

„Oh, ich verstehe“, sagte Serena, und ihre Augen blitzten amüsiert. „Du hast Gefühle für ihn, nicht wahr? Riah, Riah, Riah … Du bist einfach zu süß.“

„Was? Nein, habe ich nicht, ich bin nur …“

„Nur was? Hals über Kopf in einen Kerl verliebt, den du eben erst kennengelernt hast?“ Serena kicherte. „Ich verurteile dich nicht, Babe, es ist nur lustig, wie du dich letzte Woche noch darüber beschwert hast, dass alle Männer, mit denen du ausgehst, ihre Schwänze nicht in der Hose und ihre Liebe nicht auf Distanz halten können.“

„Wahrscheinlich wollte sich das Universum über mich lustig machen“, brummte Riah.

„Sei bitte ganz ehrlich: Bist du in ihn verliebt oder in seinen Schwanz?“

Riah schloss halb die Augen und dachte daran, wie Liam sich in ihr angefühlt hatte. Er hatte sie so sehr ausgefüllt, dass sie gedacht hatte, sie würde platzen. Er hatte recht gehabt, dass es das wert sein würde. Sie würde nie vergessen, wie er sich anfühlte. Aber es war sein Mund, der sie am meisten beeindruckt hatte. Seine Lippen hatten sich fest um ihre Klitoris geschlossen und Wellen um Wellen der Lust aus ihr herausgesaugt. Sie konnte nicht behaupten, dass sie Liam liebte, denn sie kannte ihn überhaupt nicht. Aber wie er sie im Bett wie eine Göttin behandelt hatte … das könnte sie wirklich lieben.

„Sein Mund“, erwiderte Riah nach einer Weile. „So etwas habe ich noch nie erlebt.“

Serena pfiff anerkennend. „Ich bin ein wenig neidisch.“

Riah erzählte ihrer besten Freundin mehr von den

schmutzigen Details; nicht unbedingt, um es Serena leichter zu machen, sondern weil es Riah half, sicher klarer über ihre Gefühle gegenüber Liam zu werden. Sie beschloss, dass sie sich nicht allzu viele Gedanken darüber machen sollte. Wenn sie sich das nächste Mal mit Liam treffen würde, würden sie vielleicht darüber reden, was passiert war. Vielleicht auch nicht. So oder so, sie hatten beide eine verdammt heiße Nacht zusammen verbracht und verstanden sich gut, und was mehr konnte sie sich wünschen?

Viel mehr, das wusste sie. *Sehr* viel mehr. Aber Riah würde nicht zu viel verlangen. Alles, worauf sie jetzt hoffen konnte, war ein weiterer schöner Abend – und vielleicht eine weitere heiße Nacht.

9

LIAM

Liam brauchte lange, um die Gedanken an Riah soweit zu beruhigen, dass er sich wieder der Arbeit widmen konnte. Er konnte nicht mehr zu Hause arbeiten, weil sein ganzes Haus nach ihr roch und er an ihre gemeinsame Nacht denken musste. Sie war heiß, erotisch und voller Verlangen gewesen. Auch Schmerz und Unsicherheit kehrten zurück. Er war sich nicht sicher, wo er und Riah standen, nachdem sie seine Wohnung übereilt verlassen und seinen Versuch, mit ihr über das Geschehene zu sprechen, abgewiesen hatte.

Er war sich sicher gewesen, dass es mehr als nur Sex gewesen war. In seinem Herzen fühlte es sich auch so an. Aber Riahs Reaktion ... Nun war er sich nicht mehr so sicher.

Er hatte jedoch keine Zeit, sich damit zu befassen. In wenigen Tagen würden sie zu einem weiteren Date auf die zweite Auktion gehen, und abgesehen davon, dass er sich fragte, ob sie überhaupt mitkommen würde, hatte er eine Menge anderer Dinge zu klären.

Richter stürmte unangekündigt in Liams Büro in der

InnoCell-Zentrale. „Was soll das heißen, du hast dort eine meiner Statuen gesehen?“, fragte Richter aufgeregt.

Als Eisendrache konnte er Metall verändern und in jedwede Form bringen. Und Richter hatte eine einzigartige Fähigkeit entwickelt, mit der er Metall einschmolz und magische Statuen kreierte. Es war ein erstaunlicher Prozess.

„Genau das habe ich dir in meiner Nachricht geschrieben“, erwiderte Liam und zuckte mit den Schultern. „Sie ist eine der großen Posten bei der Auktion und wird nächstes Wochenende zum Verkauf stehen.“

„Sie sollten aber keine meiner Statuen haben. Ich habe alle verkauft oder verschenkt. Wie hat sie ausgesehen?“

Liam seufzte und kramte in seinem Gedächtnis nach der Antwort. „Ich habe sie nur flüchtig gesehen, aber deine künstlerische Hand war unverkennbar. Vielleicht war es eine Feenkönigin? Ihre Augen haben weiß geleuchtet.“

„Mist“, sagte Richter nach kurzem Überlegen. „Das hatte ich ganz vergessen. Es war die erste, die ich gemacht habe, damals, als ich noch im Lernprozess war. Sie war ... Sie war schlecht, Liam. Wir dürfen nicht zulassen, dass die Claws sie bekommen.“

„Was meinst du mit schlecht?“

„Ihre Form war ... viel weniger ausgefeilt. Ich habe sie gemacht, bevor ich gelernt habe, wie ich meine Magie richtig und dauerhaft in das Metall einarbeiten kann“, erwiderte Richter. „Also hat sich die Magie in den letzten zehn oder fünfzehn Jahren ausgedehnt und den Metallbehälter zersetzt. Früher oder später wird sie explodieren. Du sagtest, die Augen der Fee hätten geglüht? Sie ist kurz davor.“

„*Mist,* das kann man wohl sagen, Richter! Du hast eine verdammte Bombe entwickelt und es niemandem gesagt?“

Ihr ganzes Leben lang war Liam sehr geduldig mit Richters Eskapaden umgegangen, aber das hier ging zu weit.

Fehler waren in Ordnung. Jeder machte Fehler. Aber das hier war mehr als ein Fehler gewesen. Es könnte ganz InnoCell schaden, oder, schlimmer noch, Tausenden von Menschen.

„Ich habe erst vor ein paar Jahren von diesem Problem erfahren“, entgegnete Richter, „als ein paar meiner kleineren Teile anfingen, verrückt zu spielen. Ich habe erkannt, was ich falsch gemacht hatte, und so viele wie möglich repariert. Aber die Fee war mein erstes großes Kunstwerk. Ich dachte, ich hätte sie weggeworfen, weil ich sie verpfuscht hatte, und das verzauberte Metall war es leid, von mir verändert zu werden. Offensichtlich hat jemand es herausgefunden.“

Liam rieb sich die Schläfen, während er versuchte, das alles zu verarbeiten. „Wenn die Claws von dieser zerstörerischen Magie wissen, könnten sie sich die Statue unter den Nagel reißen und explodieren lassen, ohne dass ihnen das jemand in die Schuhe schieben könnte.“

„Und schlimmer noch, *mir* stattdessen die Schuld in die Schuhe schieben. Und schließlich InnoCell.“

Ja, das war ganz schön übel. Sie mussten die Statue so schnell wie möglich in die Hände kriegen, andernfalls hätten sie eine Menge Probleme am Hals.

„Was gab es dort sonst noch?“, fragte Richter und riss Liam aus seinen Überlegungen.

Was spielte es für eine Rolle, was es dort sonst noch zu kaufen gegeben hatte, wenn diese Statue ganz Blackfall dem Erdboden gleichmachen könnte? Genau wie viele andere Artefakte dort. Sie durften sich nicht nur um die Statue kümmern. Sie war ihr Hauptziel, aber nicht das Einzige. Liam dachte an das Ereignis zurück.

„Viel mehr, als ich erwartet hatte. Und die Artefakte, die sie verkauft haben, waren viel schlimmer als erwartet“, sagte Liam. „Ich habe so viele der Waffen gekauft, wie ich konnte, ohne zu verdächtig zu wirken. Aber, Richter, es waren viele. Ein persischer Krummsäbel, der Wände durchdringen kann, nachdem er ein bestimmtes Ziel getroffen hat. Antike Foltergeräte, magische Sprengstoffe, die als normal aussehende Gegenstände getarnt sind."

„Du hast mehr ausgegeben, als ich erwartet hatte", gab Richter zu. „Aber was zum Teufel hast du für über 600 Millionen Dollar gekauft?"

Liam verzog den Mund. „Eine chinesische Drachenperle. Ich konnte sie nicht einfach irgendeinem Kriminellen in die Hände fallen lassen."

Chinesische Drachen waren heutzutage sehr selten und produzierten nur eine Perle in ihrem ganzen Leben. Es kam so gut wie nie vor, dass die Perlen von ihrem jeweiligen Drachen getrennt wurden, und wenn sie es taten, dann nur für sehr kurze Zeit. Es gab Geschichten aus früheren Jahrhunderten, in denen chinesische Drachen ihren Helden ihre Perlen ausliehen, um Katastrophen abzuwenden oder ihnen im Kampf zu helfen, aber danach wurden sie immer zurückgegeben.

Aber dass eine Perle in Amerika gelandet war? Liam rechnete mit dem Schlimmsten. Entweder hatte jemand einen chinesischen Drachen getötet, oder man hatte die Perle gestohlen, ohne dass der Drache es bemerkt hatte. Liam hoffte, dass es Letzteres gewesen war, denn auch wenn er kein chinesischer Drache war, so war er doch mit allen Drachenarten verbunden. Alle Drachen waren seine Verwandten, und er würde kein Verbrechen ungesühnt lassen. Er und alle anderen bei InnoCell würden dafür sorgen.

Richter war eine Weile still gewesen. Nicht aus Ungläubigkeit, sondern wahrscheinlich, weil er sich, wie Liam,

Sorgen über die Folgen machte. „Du hast die richtige Entscheidung getroffen“, sagte er schließlich. „Wenn wir mit den Claws und dieser Auktion fertig sind, kann Michael herausfinden, zu welchem Drachen die Perle gehört.“

„Was meinst du mit ‚wir‘?“, fragte Liam.

„Glaubst du, wir lassen dich allein zur zweiten Auktion gehen? Du hast wahrscheinlich die meisten Waffen gekauft, hinter denen Claws her waren. Aber du hast sicher ihre Aufmerksamkeit erregt, als du die Drachenperle gekauft hast. Wir können dich da nicht allein hingehen lassen. Das letzte Mal war es nur ein wenig riskant, aber diesmal wird das Gegenteil der Fall sein. Bereite dich auf einen Kampf vor.“

Liam schüttelte den Kopf und seufzte. Es war schwer für ihn zu begreifen, dass er den Verdacht auf sich gezogen und gleichzeitig das Richtige getan hatte. Diese Perle würde ihren Erzeuger nie wiederfinden, wenn die Claws oder irgendjemand anderes sie in die Hände bekommen würde. Es hob seine Laune ein wenig, zu wissen, dass seine Freunde hinter ihm standen. Sie würden vorbereitet in die nächste Auktion gehen, für den Fall, dass die Claws versuchen sollten, sie davon abzuhalten, mehr von den Waffen zu kaufen.

„Ich schätze, es gibt keine anderen Möglichkeiten“, sagte Liam. „Wir dürfen nicht zulassen, dass sie die Statue behalten.“

Liam musste sofort an Riah denken. Er wollte sie wiedersehen, aber er konnte sie nicht guten Gewissens wieder mit zur Auktion nehmen, ohne sie über die möglichen Gefahren aufzuklären. Würde sie ihn überhaupt sehen wollen? Sie hatte ihm nicht abgesagt, und er wertete das als gutes Zeichen – dass sie immer noch die Chance hatten, miteinander zu reden und zu klären, was zwischen ihnen passiert war.

Zumindest hoffte er das, denn er hatte den Eindruck, dass er vor Sehnsucht verrückt werden würde, sollte er sie nicht wiedersehen.

10

RIAH

Nachdem sie alle Verabredungen für den Rest der Woche abgesagt hatte, blieb Riah größtenteils zu Hause in ihrem Pyjama und nahm sich Zeit für sich selbst und für das, worauf sie Lust hatte. Manchmal beobachtete sie die Vögel im Garten, oder sie machte es sich mit einer guten Liebeskomödie auf der Couch gemütlich.

Aber all diese Geschichten über Romantik, Liebe auf den ersten Blick und peinliche Treffen machten es Riah nicht unbedingt leichter, nicht mehr an Liam zu denken. Sie hatte sich niemals vorstellen können, ihren künftigen Partner über die Arbeit kennenzulernen. Auch war ihr nie in den Sinn gekommen, sich in jemanden wie Liam zu verlieben. Vor allem nicht, nachdem sie eine halbe Stunde damit verbracht hatten, die Schlange an einem Hotdog-Stand zu beobachten.

Bei dem Gedanken daran musste sie unvermittelt lächeln. Vielleicht war das nicht die romantische Begegnung, die sie sich immer vorgestellt hatte, aber für sie und Liam war es das irgendwie gewesen. Auch wenn nun alles den Bach runterzugehen schien. Sie hoffte verzweifelt, dass sie einen Weg finden würde, und momentan schien es, als ob ihr nächstes Date ihre einzige Chance wäre – eine weitere Runde bei der Auktion.

Je mehr Riah über die Auktion und Liams Verhalten während dieser Veranstaltung nachdachte, desto mehr wurde ihr klar, dass an der ganzen Sache etwas nicht stimmte. Alle dortigen Objekte waren auf die eine oder andere Weise bizarr gewesen. Und wenn es nicht die Gegenstände selbst gewesen waren, dann die Art und Weise, wie der Auktionator sie präsentiert hatte. Liam hatte gesagt, dass es eine Kunst-Auktion gewesen wäre, aber Riahs Instinkt sagte ihr, dass das nicht stimmte. Zumindest war das nicht die ganze Wahrheit.

Riah musste nicht unbedingt wissen, was die Gegenstände bei der Auktion waren, um ihren Job gut zu machen. Also war ihr Wunsch, mehr zu erfahren, vielleicht eher eine Ausrede, um Liam vor ihrem nächsten Date noch einmal zu sehen. Aber Liam hatte ihr viel zu viel für den Auftrag bezahlt. Sie war sich sicher, dass er ihr nicht seinen richtigen Namen genannt hatte, und sie konnte seine Reaktion nicht vergessen, als er ihr gegenüber geäußert hatte, dass er sich nicht den Luxus leisten könnte, ungläubig zu sein. Irgendetwas ging hier vor sich, und sie würde sich wohler und besser vorbereitet fühlen, wenn sie wüsste, was.

Vielleicht war es etwas Gefährliches. Oder Illegales. Oder, verdammt, beides. Vielleicht war Liam ein Spion ...

Bevor Riahs Gedanken zu bizarr werden konnten, holte sie ihr Handy hervor und schrieb Liam eine Nachricht:

Hey. Ich denke, wir sollten über die Auktion reden.

Riah wartete geduldig ein paar Minuten. Sie erwartete nicht sofort eine Antwort, aber sie wünschte sich trotzdem eine. Er war sicher ein viel beschäftigter Mann, also könnte es eine Weile dauern, bis sie etwas hören würde. Gerade als sie sich mit etwas anderem beschäftigen wollte, surrte ihr Handy. Sie biss sich auf die Lippe, als sie Liams Antwort sah.

Ich hoffe, du willst nicht absagen. Denn ich würde dich gerne dabeihaben.

Ihr Herz machte einen Satz, als sie las, dass er sie wiedersehen wollte. Vielleicht war ihr Abhauen so kurz nach dem Aufwachen doch kein totaler Dealbreaker gewesen. Es könnte aber auch heißen, dass ihm der Sex nichts bedeutet hatte. Oder zumindest nicht annähernd so viel wie ihr. Sie beschloss, dass sie ihre Erwartungen niedrig halten musste, sonst würde sie am Ende nur verletzt werden.

Ich würde gerne mitkommen, aber du musst mir ein bisschen mehr vertrauen. Diese letzte Auktion war anders als alle, auf denen ich vorher war.

Riah war nach gründlicherem Nachdenken über alles, was auf der Auktion passiert war, und nach dem, was Liam gesagt hatte, zu dem Schluss gekommen, dass die Veranstaltung nicht nur eine Ansammlung stinkreicher Leute gewesen war, die Kunst für ihre Sammlungen hatten kaufen wollen. Dort war etwas anderes vor sich gegangen, und sie musste wissen, was. Es gefiel ihr nicht, das nicht zu wissen, besonders wenn etwas sehr Seltsames vor sich ging.

Das war sie auch, schrieb er zurück.

Riah runzelte die Stirn. Er gab also zu, dass etwas nicht stimmte, aber er verriet nicht mehr als das. Der rationale Teil in ihr sagte ihr, es dabei zu belassen, aber ein anderer Teil wollte diesem Geheimnis weiterhin auf den Grund gehen. Und zwar, weil dieses Geheimnis Liam betraf.

Willst du mir sagen, was hier los ist?

Ihr Handy blieb danach eine Weile stumm, und sie war kurz davor, ihre Niederlage einzugestehen. Dann bewies Liam, dass er bereit war, ihr doch noch zu vertrauen.

Komm zu mir, dann erzähle ich dir alles, was ich kann.

Riah packte ihre Sachen und fuhr sofort zu ihm. Sie brauchte keine andere Ausrede, um Liam wiederzusehen.

LIAM FÜHRTE SIE ZUM KÜCHENTISCH. Jetzt, wo Riah tagsüber hier war, konnte sie das luxuriöse Haus besser bewundern. Schöner Parkettfußboden, hohe Decken, zahlreiche Fenster, die auf die Stadt oder den Park hinter seinem Haus hinausführten. Es war groß für ein Stadthaus und lag in einer der besseren Gegenden von Blackfall, in der Nähe des Stadtzentrums, aber dennoch ruhig.

Leichte Schatten lagen unter Liams Augen, und sein hellbraunes Haar war ein wenig durcheinander. Riahs Herz verkrampfte sich. Er sah erschöpft aus. War es wegen dieser Auktion?

„Möchtest du etwas zu trinken?“, fragte er.

Riah betrachtete immer noch sein Zuhause. Man konnte viel aus der Einrichtung und den Gegenständen über jemanden erfahren, aber Riah sah nur wenige prägnante Dinge. Daraus interpretierte sie, dass Liam von Natur aus zurückhaltend war und sich sogar in seinen privaten Räumen zurückhielt. Aber er musste doch neben seiner Arbeit Interessen haben, allerdings hatte Riah keine Ahnung, was das sein könnte, weil er ihr nie genau gesagt hatte, was er überhaupt machte.

„Ein Glas Wasser wäre gut“, sagte sie und setzte sich an den Tisch. Es war ein großer Mahagoni-Tisch für zahlreiche Gäste, auf dem eine dezente, schmale, blau-silberne Tischdecke lag, und darauf eine Vase mit falschen Chrysanthemen.

Liam kehrte einen Augenblick später mit Wasser für sie beide zurück. Ihre Finger berührten sich, als Riah ihr Glas von ihm entgegennahm, und ein elektrischer Strom fuhr durch ihre Hände. Sie sahen sich in die Augen, und beide schienen von der zufälligen Berührung betäubt zu sein.

Er war so nah und doch so fern. Riah konnte ihn riechen, konnte sehen, wie er schwer schluckte, anstatt etwas zu sagen.

Riah setzte sich wieder auf ihren Stuhl. Sie brauchte einen Augenblick, um ihre Gedanken zu beruhigen. „Ist Liam dein richtiger Name?"

„Liam ja. Aber wie du schon vermutet ist, ist Tellam nicht mein richtiger Nachname", antwortete er und hielt dann inne. Er schürzte die Lippen. „Mein richtiger Name ist Liam Sallow."

Riah hatte den Namen schon einmal gehört, aber im ersten Moment war sie sich nicht sicher, wo. Er war jemand Wichtiges, nicht wahr? Aber wo hatte sie seinen Namen gelesen? Und dann fiel es ihr ein: Sein Name war buchstäblich überall.

„Liam Sallow, wie einer der Besitzer von InnoCell, der Technologiefirma?", fragte Riah.

Seine Mundwinkel hoben sich zu einem echten Lächeln. „Du hast von mir gehört. Das macht die Sache leichter."

Riahs Kopf drehte sich. Kein Wunder, dass er mehr Geld zu haben schien als die meisten anderen, und es ausgab, ohne mit der Wimper zu zucken. Und auch, warum er es nicht zur Schau stellte wie so viele andere reiche Leute. Alle Besitzer von InnoCell waren berühmt für ihren Reichtum und ihre bahnbrechenden Ideen, aber auch für ihre Bodenständigkeit und den Umgang mit ihren Mitmenschen. Alles an Liam ergab jetzt so viel mehr Sinn.

Es erklärte aber nicht die Auktion.

„Der Kunde, von dem du bei der Auktion gesprochen hast“, fuhr Riah fort. „War das InnoCell?“

„Mehr oder weniger. Ich bin nicht zur Auktion gegangen, um etwas Bestimmtes zu suchen. Ich war nur ... besorgt. Es waren ein paar wichtige Leute anwesend, die genau beobachtet werden mussten. Wir mussten wissen, was sie kaufen und was sie damit machen würden.“

Daraufhin runzelte Riah die Stirn. „Aber du sagtest, die Statue würde deinem Kunden gehören und er hätte nicht gewollt, dass sie verkauft wird.“

„Das ist wahr. Mein *Auftraggeber* in diesem Fall war einer meiner Freunde. Derjenige, der die Statue gemacht hat. Sie war nie dafür gedacht, dass sie jemand anderem als ihm gehört.“

„Sie wurde also gestohlen?“

„Nicht ganz. Es ist eine lange Geschichte.“

Riah trank einen Schluck von ihrem Wasser und lehnte sich auf ihrem Stuhl zurück. „Ich habe Zeit. Ich bin hierhergekommen, um Antworten zu bekommen.“

Sie wusste, dass Liam ihr nichts schuldete. Wenn sie gehen und sein Geld nicht zurückgeben würde, wären die zusätzlichen fünf Riesen für ihr zweites Date bei seinem Bankkonto nur Kleingeld. Aber allein in seiner Nähe zu sein, gab Riah das Gefühl, dass es eine Art von Verbindung zwischen ihnen gab. Vielleicht lag es nur daran, dass sie Sex gehabt hatten, oder vielleicht war es mehr als das. So oder so, sie schwirrte zwischen ihnen: Eine Verbindung, die Riah mit ihrem Verstand zu erfassen begann. Fühlte Liam das auch, oder bildete sie es sich nur ein? Waren es Schuldgefühle, die ihn dazu brachten, es ihr sagen zu wollen, und sonst nichts?

„In Ordnung", sagte Liam. „Bei InnoCell ist es meine Aufgabe, verdächtige Personen aufzuspüren, die eine Bedrohung für das Unternehmen und unsere Ziele darstellen könnten."

„Eine bessere Welt", sagte Riah und zitierte damit einen der Slogans von InnoCell.

„Ja, und die fraglichen Personen, die bei dieser Auktion dabei waren und zwangsläufig auch bei der nächsten dabei sein werden, arbeiten nun schon seit mehreren Jahren aktiv gegen die Ziele von InnoCell. Sie sind nicht nur eine Bedrohung für unsere Firma, sondern für Blackfall insgesamt und für den Rest von Amerika."

Riah gefiel das ganz und gar nicht. Sie wusste nicht viel über InnoCell, aber sie hatte viel Gutes über sie gehört. Warum sollte jemand gegen eine bessere Welt kämpfen wollen, in der alle gut leben könnten?

„Also sind sie ... Terroristen?", fragte Riah.

„Das trifft es ziemlich genau", erwiderte Liam. „Bei der Auktion ... Ich nehme an, du fandest die Beschreibungen vieler Kunstwerke dort seltsam oder bizarr, richtig?"

„Richtig. Deshalb war ich auch so verwirrt, warum du diese Drachenperle gekauft hast, besonders nachdem der Auktionator von ihren mystischen Eigenschaften gesprochen hat."

Riah fiel auf, wie sich Liam bei der Erwähnung der Perle anspannte. Hatte sie etwas übersehen?

„Das war ein solches Objekt", stimmte Liam zu. „Viele der ausgestellten Gegenstände waren Lockvögel und nicht die eigentlichen Verkaufsgegenstände. Einige enthielten Codewörter, die anzeigten, was dessen wahrer Wert war.

Zum Beispiel enthielten einige versteckte Schmuggelware oder Waffen."

„Waffen, wie ... Pistolen?"

Riahs Herz hämmerte aufgeregt in ihrer Brust.

„Oder Sprengstoff und andere gefährliche Geräte", sagte er. „Es tut mir ... leid, dass ich dich da mit hineingezogen habe. Meine Arbeit ist oft sehr gefährlich, und bei diesem Auftrag konnte ich dir nicht alles von Anfang an sagen, ohne uns beide in Gefahr zu bringen. Jetzt, wo du selbst nachgefragt hast, nun ... kann ich es dir genauso gut sagen."

Riah schluckte. Das war überhaupt nicht das, was sie erwartet hatte, und ihre Reaktion auf all das war ... Sie war selbst überrascht, gelinde gesagt. Anstatt entsetzt darüber zu sein, dass sie der Gefahr so nahe gewesen war, oder wütend darüber, dass Liam sie in diese Gefahr gebracht hatte, ohne es ihr zu sagen, betrachtete sie Liam nun aus einer ganz neuen Perspektive. Irgendwie kam er ihr viel sexyer vor, jetzt, wo sie wusste, dass er tatsächlich so etwas wie ein Spion war. Fast hätte sie laut aufgelacht. Es war ein Scherz gewesen, als sie das gedacht hatte, aber es war wirklich wahr. Er beobachtete Terroristen und beschützte Blackfall vor wer weiß was für schrecklichen Dingen.

Eine Wärme machte sich in ihrer Brust breit, dann in ihrem Bauch und schließlich zwischen ihren Schenkeln. Sie konnte nicht anders, denn der Gedanke erregte sie so sehr. Drohende Gefahr, Liam mittendrin. Er, der sie rettete, auf eine romantische Art und Weise.

Bei dieser Vorstellung wäre sie fast in Ohnmacht gefallen, und sie schwitzte leicht an den Innenseiten ihrer Oberschenkel. Konnte er allein an ihrem Blick erkennen, dass sie ihn wieder wollte?

Innerlich ärgerte sie sich über sich selbst. Was war nur los mit ihr? Alles an Liam machte sie verrückt. Aber egal, was zwischen ihnen passiert war, sie musste so professionell wie möglich bleiben. Wenn sie wieder mit ihm schlief, könnte er denken, dass das für sie normal war, und das war es nicht, nicht einmal annähernd. So sehr Riah ihn auch wollte, sie beherrschte sich und konzentrierte sich stattdessen auf die vor ihr liegende Aufgabe.

„Wenn du es dir anders überlegt hast", sagte Liam nach Riahs langem Schweigen, „oder wenn du eine zusätzliche Entschädigung für das Risiko willst …"

„Nein! Das ist es nicht", rief sie. „Es tut mir leid, ich habe nur nachgedacht. Ich muss das alles erst einmal verarbeiten. Ich bin sicher, du verstehst das."

„Ja, natürlich. Wenn ich dir noch mehr sagen kann, dann …" Liam spielte mit dem Ärmel seines Hemdes, aber dann schlug er die Hände auf dem Tisch zusammen.

Er wirkte nervöser als sie. Während sie von der Aussicht auf Gefahr begeistert war, wirkte er … besorgt. Weshalb? War das nicht sein Job; etwas, wofür er lebte?

„Die Organisation, die du im Auge hast, ist die gefährlich?", fragte Riah.

„Sehr. Wenn du dich deshalb zu deiner eigenen Sicherheit zurückziehen willst, fände ich das vollkommen akzeptabel."

Am Ende dieser Aussage hing ein leises, aber sehr deutliches *Aber* in der Luft. Riah konnte es deutlich spüren, und als sie in Liams Augen schaute, sah sie es auch dort. Er wollte, dass sie mitkam. Bildete sie sich das ein? War sie verrückt, weil sie an etwas festhielt, das so unmöglich schien? Wie dem auch sei, all das schreckte sie nicht ab.

Sie wollte mit Liam zu dieser Auktion gehen, egal welche Konsequenzen oder Gefahren damit verbunden waren.

Ihre Blicke trafen sich, und Riah sagte schließlich: „Ich komme trotzdem mit."

Liam lächelte ein wenig. „Ich bin froh, das zu hören."

Riah hoffte, dass sie sich nicht für einen Mann in Gefahr begab, dem sie nichts bedeutete. Aber jedes Mal, wenn sie Liam ansah, spürte sie, dass da noch mehr war. Dass da mehr sein *könnte*. Also vertraute sie ihrem Bauchgefühl – etwas, das sie sonst immer ignoriert hatte.

11

LIAM

Dieses Mal kam Liam mit Verstärkung zur Auktion. Richter kam allein, weil er kurzfristig keine Verabredung hatte finden können – Liam war allerdings der Meinung, dass er sich einfach nicht die Mühe hatte machen wollen –, und Michael kam mit seiner Gefährtin Laurel, die ebenfalls ein Drachen-Gestaltwandler war. Vier Drachen gegen wer weiß wie viele Claw-Mitglieder. Höchstwahrscheinlich mehr als vier.

Liam hielt sich an Riahs Arm fest. Jetzt, da sie wusste, dass hier mehr vor sich ging, als sie anfangs vermutet hatte, wollte er sie noch mehr beschützen als zuvor. Sie wusste mehr über ihn und seine Mission, und er fühlte sich ... erleichtert, trotz der erhöhten Gefahr. Er würde nicht zulassen, dass ihr etwas zustieße.

Als Gruppe konnten sie nur wenige Minuten gemeinsam auf der Galerie stehen, bevor es zu verdächtig wirken würde.

„Riah, das sind meine Freunde", sagte Liam. „Michael und seine ... Partnerin Laurel, und Richter, mein bester Freund."

Sie gaben sich die Hand. Michael hatte seine langen, weißen Haare nach hinten gebunden, für den Fall, dass es zu einem Kampf kommen sollte. Mit Ausnahme von Liam würden sie sich in dieser Halle nicht in Drachen verwandeln können, also war es besser, vorbereitet zu sein. Unter ihrer Kleidung trugen sie alle leichte Gewänder aus Elfengarn, die sie vor Magie und bestimmten Waffen schützen würden. Liam hatte darauf bestanden, dass Riah auch eines trug, obwohl er ihr nicht sagte, wofür es war oder was es konnte.

„Freut mich, dich kennenzulernen", sagte Richter. Er war entspannter als sonst, trotz der Unruhe, die er vorhin gezeigt hatte, nachdem er erfahren hatte, dass eine seiner Statuen zum Verkauf stand.

„Du bist der Künstler, richtig?", fragte Riah.

Er grinste. „Das könnte man sagen. Ich nehme an, du hast die Statue gesehen."

„Nicht wirklich. Liam wollte nicht, dass ich sie mir genauer ansehe."

Alle warfen Liam einen unfreundlichen Blick zu, aber er zuckte mit den Schultern. „Es gab zu viele Sicherheitsleute. Keine Sorge, ihr alle werdet einen Blick darauf werfen können, wenn wir sie endlich in die Finger kriegen."

„Mir gefällt dein Kleid sehr", sagte Laurel und lächelte. Sie selbst trug ein langes, schwarzes Kleid, aber dessen Oberteil war goldglänzend, und weitere glitzernde Streifen zogen sich spiralförmig um den Stoff des Rockteils. Es war umwerfend schön, aber Riahs Kleid war sogar noch schöner.

Es bestand aus blutrotem Satin und hatte mehrere Lagen von Spitze, der ihre Hüften umschmeichelte und ihre Beine herrlich zur Geltung brachte. Obwohl es wunderschön war, war Liam mehr daran interessiert, was sich darunter verbarg. Immer wenn er Riah ansah, gingen seine Gedanken sofort in diese Richtung. Sie hierher mitzunehmen, stellte ein Risiko dar, denn es fiel ihm sehr schwer, sich in ihrer Nähe zu kontrollieren. Aber auf diese Weise war es einfacher, sie zu beschützen. Als Schattendrache war er in der Lage, es nicht nur sich selbst und Riah, sondern auch allen anderen leichter zu machen, sich zu verstecken. Bis sie anfangen würden zu bieten, würde sie niemand groß beachten. Zumindest war das der Plan.

Riah bedankte sich bei Laurel, aber es blieb nun keine Zeit mehr für freundliche Worte.

„Denkt daran, wir sind nur zu fünft", sagte Liam, „und sie werden mindestens zu siebt sein. Greift nicht an, wenn es nicht absolut notwendig ist. Hier könnten sich noch viel mehr von ihnen tummeln."

Sie verabschiedeten sich auf der Galerie und ließen Liam und Riah allein zurück. Riah legte einen Arm um seinen, und als sie stehen blieben, um so zu tun, als ob sie eines der ausgestellten Artefakte betrachten wollten, lehnte sie sich dicht an ihn heran und drückte ihre Brüste gegen seinen Arm. Etwas Tiefes und Ursprüngliches regte sich in ihm, aber er unterdrückte es. Sie sah ihn nur an. Aber sie tat es immer wieder, wenn sie stehen blieben. Sie drückte ihre Brust an ihn, berührte ihn leicht am Arm, und ihr Atem strich über seinen Hals.

Mein Gott, das machte ihn total verrückt. Er musste sich sehr beherrschen, um sie nicht in eine dunkle Ecke zu führen und mit ihr zu schlafen. Machte sie es absichtlich? Er wusste es nicht.

Als verkündet wurde, dass die Auktion gleich beginnen würde, führte er sie zu ihren Plätzen. Es gab so vieles, das er ihr sagen wollte, aber er schaffte es einfach nicht. Sie mussten über ihre gemeinsame Nacht sprechen, bevor sie so weit in der Vergangenheit liegen würde, dass sie nichts mehr bedeutete. Liam wollte die Bedeutung, die diese Nacht für ihn hatte, nicht verlieren. Eine neu geschaffene Verbindung mit Riah; mit jemandem, mit dem er nie gerechnet hätte. Allein der Gedanke, dass diese Auktion, die bald zu Ende sein würde, ihre letzte Begegnung sein könnte … Das durfte er nicht zulassen. Nicht ohne ihr zu sagen, was er fühlte.

Jetzt war aber nicht der richtige Zeitpunkt. Sie waren immer noch bei der Arbeit. Aber wenn alles gesagt und getan und Richters Statue, zusammen mit allem anderen, was als gefährlich galt, in ihrem Besitz wäre, würden er und Riah endlich reden können.

Sie saßen zusammen an ihrem Tisch, und wieder standen eine Flasche Wein und Garnelenplatte zwischen ihnen. Riah lehnte sich an seine Seite, und er war sich jedes Abschnitts ihres Körpers, der seinen berührte, sehr bewusst. Er wünschte sich, es wäre nackte Haut auf nackter Haut, aber davon konnte er momentan nur träumen. Sie passte perfekt zu ihm, mit oder ohne Kleidung.

Die Auktion begann, und Liam beobachtete das Geschehen mit größter Aufmerksamkeit. Michael, Laurel und Richter standen irgendwo in der Halle, da aber ihre Sichtschutzwände hochgezogen waren, wusste er nicht, wo genau sie sich befanden.

Liam war in Gedanken versunken und bemerkte plötzlich, dass er Riahs Haare streichelte. Erschrocken über sich selbst und darüber, dass sie ihn nicht davon abgehalten hatte, stoppte er sich. Sie richtete sich auf und sah zu ihm auf.

„Warum hast du aufgehört?“, fragte sie.

„Ich wollte nicht, dass … Ich, äh …“ Liam stellte fest, dass er sich, wann immer er sie ansah, nicht mehr klar ausdrücken konnte. Wie war das nur möglich? Er schluckte schwer. „Warum wolltest du wieder mitkommen?"

„Willst du das wirklich wissen?"

Er hielt kurz inne, verunsichert. Was für eine Antwort würde sie ihm geben? Wahrscheinlich nicht die, die er hören wollte, aber was auch immer sie zu sagen hatte, er wollte es wissen. Er hatte jahrelang als Spionage- und Sicherheitschef von InnoCell gearbeitet und geglaubt, dass Beziehungen und Liebe mit dem, was er tat, unvereinbar waren. Es war zu gefährlich. Aber nun saß er hier mit Riah an seiner Seite, selbst nachdem er ihr gesagt hatte, wie gefährlich die Claws waren.

Vielleicht lag es daran, dass er ihr nicht die ganze Wahrheit gesagt hatte – über Magie und Drachen. Aber so sehr er ihr das auch offenbaren wollte, es war viel zu viel für jemanden, den er vielleicht nie wiedersehen würde.

Also, ja, er wollte wissen, warum Riah nicht abgesagt hatte, als er ihr von der Gefahr erzählt hatte. War es Neugierde? Der Nervenkitzel? Oder weil sie, auch wenn das unmöglich schien, mit ihm zusammen sein wollte?

„Ich wollte …"

Bevor sie den Satz beenden konnte, den Liam so verzweifelt hören wollte, dröhnte ein lautes Geräusch von der Vorderseite der Halle. Der Auktionator hatte einen selbstgefälligen Ausdruck im Gesicht.

„Und jetzt, als unser letztes Kunstwerk des Abends," sagte er. „Das besondere Auktionsstück, auf das Sie alle gewartet haben …"

Hinter ihm wurde Richters Statue auf die Bühne gerollt. Es war die naturgetreue Nachbildung einer schönen Frau, bestehend aus silbern aussehendem Metall, deren langes, wallendes Haar ihr bis zur Taille fiel, das die nackten Brüste jedoch freiließ. Hinter ihr breiteten sich zwei riesige, fast gleich große Flügel aus. Das hier war ein kompliziertes Meisterwerk aus Metall. Alles hatte die gleiche Farbe, doch Liam konnte sich ihre Flügel in ihrer ganzen Regenbogenpracht vorstellen.

„Eine wunderschöne, verstärkte Silberstatue der ehemaligen Feenkönigin Alianna. Entworfen und geschaffen vom letzten bekannten Eisendrachen in ganz Amerika", so der Auktionator. „Aufgrund des einzigartigen Wertes dieses Stückes ... beginnt das Gebot bei 700 Millionen Dollar."

So ein Mist. Liam hatte immer gedacht, Richter hätte gescherzt oder wilde Geschichten erzählt, als er gesagt hatte, er hätte ein Stelldichein mit einer Feenkönigin gehabt, denn Feenköniginnen offenbarten sich nicht jedem. Und schon gar nicht lange genug, um sie so detailliert festzuhalten, wie in dieser Statue. Liam schob den Gedanken schnell beiseite, als der Bieterkampf begann.

Es war unmöglich, zu erkennen, welche Gebote von wem kamen, und so würden alle drei InnoCell-Vertreter, die auf die Statue boten, den Preis nur in die Höhe treiben können, indem sie gegeneinander boten. Und während Richter, Michael und Laurel auch zahlreiche weitere Artefakte gekauft hatten, ohne sich auf etwas zu konzentrieren, bot Liam lediglich auf die Alianna-Statue.

750 Millionen Dollar.

800 Millionen Dollar.

850 Millionen Dollar!

Das Bieten hörte nicht auf, bis Liam schließlich alle anderen mit einem Gebot von einer Milliarde Dollar in die Enge getrieben hatte. Nur sehr wenige Leute hatten so viel Geld für eine Statue übrig. Und das erwies sich als sein Vorteil. Er erhielt sie schließlich.

Als das Gebot verkündet wurde, zog Liam Riah ganz an sich und hüllte sich in ihre Wärme und ihren Duft.

„Verdammt noch mal, wir haben es geschafft!“, rief sie.

„Ich kann es fast nicht glauben.“ In Anbetracht von Riah in seinen Armen schien die Statue jedoch wieder unwichtig zu werden. Er schaute in ihre goldenen Augen und wunderte sich wieder einmal, dass sie hier bei ihm war. Angesichts seines Sieges stieg ein tiefes Verlangen nach ihr in ihm auf, und auch sein Drache drängte ihn zum Handeln. Er wollte sie küssen. „Was wolltest du sagen? Vorhin?“

Er lehnte sich ein wenig näher an sie heran, aber er konnte sich nicht dazu durchringen. Nicht, wenn sie immer noch nicht über ihre letzte gemeinsame Nacht gesprochen hatten. Er war sich nicht sicher, was sie von ihm wollte ... Er war sich nicht sicher, was *er* von *ihr* wollte. Nur, dass es mehr war als eine Scheinbeziehung. Aber um das herauszufinden, würde er bis nach der Auktion warten müssen.

„Ich ... Ich hatte dich nur wiedersehen wollen“, erwiderte Riah.

Daraufhin grinste Liam. „Das freut mich. Komm, wir sollten die anderen suchen gehen. Und dann vielleicht etwas Zeit zum Reden finden.“

Riahs Griff um seinen Arm war fest, als sie aufstanden, als ob sie nicht riskieren wollte, ihn loszulassen. Er hielt ihre Taille ebenso fest. Er durfte sie nicht loslassen, bis das, was zwischen ihnen war, nicht geklärt war.

Nachdem sie ihre Einkäufe sicher verstaut hatten, trafen sich Liam und Riah mit Richter, Michael und Laurel im Flur neben dem Bankettsaal. Niemand sonst hielt sich hier auf, und Liam dachte an letztes Mal, als er und Riah hier gewesen waren. Genau dort drüben, zwischen diesen beiden Gemälden, hatten sie sich geküsst, als wären sie füreinander geschaffen.

„Wir haben alle gefährlichen Artefakte gesichert“, sagte Michael.

„Gute Arbeit, Team!“, sagte Laurel.

„Können wir darauf vertrauen, dass die Gegenstände sicher und unversehrt an uns geliefert werden?“ Sie alle blickten Liam an.

„Ich habe mich vergewissert, dass die Auktionatoren nicht mit den Claws in Verbindung stehen“, erwiderte Liam. „Aber es ist unmöglich, mit Sicherheit zu sagen, was passieren wird. Sie haben mehr als genug Waffen, um Diebe aufzuhalten, allerdings haben wir es auch nicht mit den vertrauenswürdigsten Personen zu tun.“

„Kriminelle können vertrauenswürdig sein“, warf Richter ein und zuckte mit den Schultern. „Man muss ihnen nur ein Angebot machen, das ihren Interessen entspricht.“

„Du weißt es wohl am besten, was? Nun, wir müssen jetzt drauf hoffen, dass die Veranstalter damit klarkommen, denn es sieht so aus, als hätten wir Gesellschaft.“

Alle blickten auf, um Liams Blick zu folgen, der auf das Ende des Ganges gerichtet war. Vier Männer und eine Frau marschierten geradewegs auf sie zu, und Liam wusste sofort, wer sie waren. Er hatte jede ihrer Bewegungen jahrelang studiert: Claws.

Zwei von ihnen erkannte Liam sofort. Ein älterer Mann mit militärisch strengem Aussehen und grauen Haaren sowie einem Bart und einer Narbe über der Wange. Allerdings körperlich in Topform. Und neben ihm eine Frau, etwa halb so alt wie er, mit rotblonden Haaren und roten

Lippen. Liam wusste, dass er sich von ihrer Schönheit nicht ablenken lassen durfte. Sie hatte den Körperbau einer Kämpferin, und in ihrer Hand glitzerte ein Messer.

„Sieh mal an, wer da ist", sagte der Mann, Russell. „Ich hätte nicht gedacht, dass wir euch InnoCell-Trottel hier so schnell finden würden."

„Das Einzige, worüber du dich wundern solltest, ist, wie einfach es war, euch zu finden", sagte Michael.

Riah klammerte sich fest an Liams Arm und versteckte sich hinter ihm. Er würde sie mit seinem Leben beschützen, daher beobachtete er die Claws-Mitglieder genau und schätzte ab, ob sie ihr etwas antun würden. Aber je genauer Liam die anderen beobachtete, desto klarer wurde ihm, dass sie sich vor einem bestimmten Mann verbarg: einem mit sandblonden Haaren und einem Gesichtsausdruck, der verkündete, ihm gehörte die Welt. Und er starrte direkt auf Liam und Riah.

„Ihr wisst doch hoffentlich, wann man verloren hat, oder?", sagte Russell.

„Das sagst du, aber ihr seid diejenigen, die immer wieder etwas starten und scheitern, etwas Neues starten und wieder scheitern, und uns nie erwischen. Vielleicht ist es an der Zeit, sich zurückzuziehen. Akzeptiert endlich, dass die Welt sich zum Guten hin verändert, ob es euch gefällt oder nicht."

„Niemals!"

„Dann hoffe ich, dass du dich daran erinnerst, was das letzte Mal passiert ist, als wir mit dir gekämpft haben", sagte Michael.

„Du hast in diesem Flur nicht genug Platz, um alle deine linken Tricks abzuziehen", rief die Frau, Kylee. „Mal sehen, ob du auch ohne sie eine Chance hast."

Dabei schleuderte Kylee den Dolch in ihrer Hand direkt in Michaels Gesicht. Hinter Liam schrie Riah auf und zitterte an seinem Rücken, aber Michael reagierte nicht einmal. Er sog einen tiefen Atemzug ein, der die Luft um ihn herum abkühlte und die Zeit zum Stillstand brachte. Sogar Liams Gedanken und Bewegungen wurden langsamer, aber er nahm immer noch wahr, wie Michael das Messer aus der Luft riss, bevor es ihn berühren konnte. Und er warf es direkt auf Kylee zurück, sodass es in ihren Fuß fuhr.

Sie schrie auf, und Michaels Blase der verlangsamten Zeit kollabierte. Der eigentliche Kampf begann.

Michael, Richter und Laurel stürmten nach vorne, um gegen die Claws zu kämpfen. Sie konnten sich nicht in ihre Drachengestalten verwandeln, ohne den Bankettsaal zu zerstören, aber sie hatten immer noch ihre Magie. Explosionen aus Feuer, Eis und Metall erschütterten den Gang, als der Kampf entbrannte, aber anstatt sich wie die anderen daran zu beteiligen, schob sich Liam nach hinten und beschützte Riah.

Seine Freunde konnten die Claws solange aufhalten, bis Liam Riah an einen sicheren Ort gebracht hatte. Er hatte den Grundriss des Bankettsaals auswendig gelernt, und er wusste, dass es in der Nähe eine Abstellkammer gab, die als gutes Versteck dienen würde. Sobald sie in Sicherheit war, würde er sie mit seiner Unsichtbarkeitsmagie einhüllen, sodass man sie nicht würde sehen können, sollte zufälligerweise jemand eindringen.

Der Plan war gut. Nun musste nur noch Riah mitspielen. Sie widersetzte sich, als er versuchte, sie vom Kampf wegzuziehen. „Aber deine Freunde …“, hob sie an.

„Sie können auf sich aufpassen. Dafür haben sie trainiert“, erwiderte Liam. „Ich darf nicht zulassen, dass du danebenstehst und verletzt wirst. Komm, hier hinten gibt es einen Platz zum ..."

„Riah!", hallte eine wütende Stimme aus der Halle hinter ihnen, in der gerade der Kampf stattfand.

Riah und Liam drehten sich um. Der junge, blonde Mann kam auf sie zu. Seine Haut kräuselte sich, als ob er sich gleich in einen Drachen verwandeln wollen würde, um mit all seiner Kraft zu kämpfen. Aber er wusste, dass das keine gute Idee war.

„Dachte ich mir doch, dass du das bist", sagte er. „Was machst du hier mit diesen InnoCell-Idealisten? Arme kleine Riah, wusste es wahrscheinlich nicht besser, hm? Das ist schon in Ordnung. Wenn du jetzt zu mir kommst, verzeihe ich dir und passe auf, dass dir niemand wehtut, während wir diesen Abschaum beseitigen."

„Du kennst ihn?", fragte Liam, wütend darüber, dass es jemand wagte, so mit Riah zu sprechen. Seiner Meinung nach war der Mann es gar nicht wert, beachtet zu werden. In welcher Beziehung stand er überhaupt zu Riah? War er ein Ex-Freund? Ein eifersüchtiger Kunde? Er wusste nicht, was schlimmer war.

„Colin", sagte Riah. Nicht auf Liams Frage hin, aber sie bejahte diese trotzdem. „Sag mir nicht, dass du mit diesen ... diesen Verrückten hier bist! Sie hat ein *Messer* nach uns geworfen!"

Der Mann, Colin, zuckte mit den Schultern. „Auch wenn sie es ihm ins Gesicht geworfen hätte, hätte er es überlebt. So ist es leider, wenn man gegen Trottel wie deine neuen Freunde kämpft."

„Wie meinst du das?"

Colin lachte. „Du hast keine Ahnung, was sie sind, oder? Keine Sorge, das wirst du gleich herausfinden. Aber jetzt komm zu mir, wo du in Sicherheit bist ... Oder auch du musst meine Schläge einstecken. Ich verspreche dir, ich werde dein hübsches Gesicht nicht beschädigen. Ich werde dich schließlich immer noch wollen, wenn ich mit denen hier fertig bin."

Übelkeit stieg in Liam auf. „Wage es ja nicht, sie anzufassen. Eine Bewegung, und du wirst bezahlen." Liams Drache machte sich in seiner Stimme bemerkbar, und ein tiefes Grollen aus seiner Brust verstärkte seine Worte noch. Schatten bewegten sich in der Halle um sie herum, hervorgerufen durch Liams Wut darüber, dass jemand Riah etwas antun könnte. Niemand würde sich ihr nähern, schon gar nicht dieses Arschloch.

„Oh, wie niedlich", sagte Colin. „Du sitzt genauso in der Falle wie deine Freunde. Wir haben Schusswaffen dabei, und du kannst nichts tun, worauf wir nicht vorbereitet wären. Keine Verwandlung ... nichts."

Der Bankettsaal bebte aufgrund der Wucht des Kampfes, der sich jenseits von Colin abspielte. Magie blitzte auf, und die Drachen-Gestaltwandler knurrten und brüllten, auch wenn sie sich nicht verwandeln konnten. Michael und Russell schlugen mit den Fäusten aufeinander ein, und Laurel und Kylee tauschten Schläge mit verschiedenen Arten von Magie aus. An der Wand sah Richter so aus, als hätte er den Dritten unter Kontrolle.

Die Magie, das Kämpfen ... Liam hoffte, er könnte das alles erklären, ohne Riah die Wahrheit sagen zu müssen.

Allerdings kamen nun fünf weitere Claws-Agenten den Flur hinuntergerannt und auf den Kampf zu. Die Schatten im Korridor bebten, da Liams Magie wuchs, verstärkt durch seinen Drachen. Wenn Liam nichts unternahm, würden seine Freunde schwer verletzt werden, oder schlimmer. Wer wusste schon, was die Claws mit ihnen anstellen würden? Und Riah. Energie begann sich bei dem Gedanken an sie um Liams Arme zu formen. Im Gegensatz zu den anderen Drachen-Gestaltwandlern begannen Liams Knochen und Haut sich nicht zu verändern.

„Genau da liegst du falsch, Claw“, entgegnete Liam. „Du hast einen großen Fehler gemacht.“

Die Schatten wanden sich, schlängelten sich durch den Korridor und um Liam herum wie ein Leichentuch. Riah kreischte und entfernte sich von Liam, als die Schatten begannen, sich an ihn zu schmiegen, und sein Körper in der Wolke der Dunkelheit verschwand. Liam war ein Drachen-Gestaltwandler, wie alle anderen auch, aber sein Drache war aus Schatten gemacht, ein unangreifbares Wesen – im Idealfall. Obwohl er sich in eine muskelbepackte, geschuppte Bestie wie seine Freunde verwandeln konnte, war es in einer Situation wie dieser, in der ein echter Drache keinen Platz gehabt hätte, ein großer Vorteil, eine Schattenform annehmen zu können.

Liam *war* der Schatten. Er brachte die anderen Schatten in seine Drachenform und überragte Colin, der sich nicht verwandeln konnte, ohne den Festsaal zu zerstören. Liams schattenhafte Flügel schnitten durch die Decke, ohne etwas zu beschädigen. Sein riesiger Körper, viel zu groß für den Korridor, ging in den Wänden ein und aus, während er sich bewegte.

Aber sein Schwanz, den er umherschwang? Er ging durch die Wände, wurde zu Drachenschuppen und Fleisch und traf Colin direkt in die Brust. Liam ließ ihn danach wieder zu einem Schatten werden und stürmte auf die anderen Claws-Mitglieder zu, die entsetzt im Gang stehen geblieben waren, nachdem sie Liams Verwandlung gesehen hatten.

Das bekamen sie nun dafür, dass sie Riah bedroht hatten.

Er stürmte nach vorne, und seine physischen Klauen schabten über den Boden. Dann sprang er über Richter, Laurel, Michael und die Claws hinweg. Er ließ seine Flügel sinken, als er vor den Neuankömmlingen landete, und mit einem Windstoß und Schatten schob er sie alle zurück in die Wand und schlug sie mit einem Schlag bewusstlos. Ein Wandteppich und ein Gemälde wurden dabei von der Wand gerissen und ebenfalls gegen die gegenüberliegende Wand geschleudert.

Nachdem das erledigt war, drehte er sich um. Michael hatte Russell in Handschellen gelegt, ebenso Kylee, Colin und das andere verbliebene Claws-Mitglied. Mit ihnen als Gefangene könnten sie die Claws für immer ausschalten. Aber trotz dieses großen Sieges war Liam nicht in der Stimmung zu feiern. Riah lag auf dem Boden am anderen Ende der Halle, wo er sie zurückgelassen hatte.

Die Schatten fielen von Liams Schultern und seinen Beinen und entfernten die Schichten der geschuppten Rüstung. Ebenso sein Drachengesicht, seine Klauen und seinen Schwanz. Alles löste sich in einem pechschwarzen Nebel auf und fiel dann zurück an die richtigen Stellen im Gang. Seine Drachennatur kehrte anschließend in seine Brust zurück, froh, freigelassen worden zu sein, aber immer noch begierig nach mehr.

Liam staubte seinen Anzug ab. Da er keine richtige Verwandlung vollzogen hatte, war er noch bekleidet, aber seine Ärmel und sein Jackett waren zerrissen.

Richter kam ihm herüber. „Wow, ich wusste gar nicht, dass du das kannst! Welche anderen Tricks verheimlichst du noch vor uns?"

„Ich erzähl's dir später", erwiderte Liam und schob sich an ihm vorbei. Sein einziger Fokus lag auf Riah. Sie lag immer noch am Boden, obwohl sie sich jetzt zu bewegen begann.

War sie okay? Hatte er sie während seiner Verwandlung verletzt oder war sie nur vor Angst umgefallen? Liam würde es sich niemals verzeihen, wenn er sie irgendwie verletzt haben sollte. Er hatte doch nur gewollt, dass sie vor diesen Claws-Bastarden in Sicherheit war.

Er fiel neben ihr auf die Knie und wollte ihr aufhelfen. Riah blinzelte ihn an und wich dann bei seiner Berührung zurück. Liam wich genauso heftig zurück, als er den Ausdruck in ihren Augen sah. Sie brauchte nichts zu sagen, er verstand es auch so: Sie hielt ihn für ein Monster.

Das war's dann. Ein flaues Gefühl machte sich in seinem Magen breit.

Er entfernte sich langsam von ihr, um sie nicht wieder zu erschrecken. „Es tut mir leid", sagte Liam. Sein Herz schlug ihm bis zum Hals. Er musste ihr alles erzählen. Alles über ihn, InnoCell, Magie und Drachen, sonst würde sie für den Rest ihres Lebens Angst haben. Aber Liam konnte sich nicht dazu durchringen, es zu tun. Sie starrte ihn mit solcher Furcht an, und das zerriss ihm das Herz. „Ich werde dich von Richter nach Hause fahren lassen."

Liam wich zurück, am Boden zerstört. Wie konnte es sein, dass ihre aufkeimende Beziehung so schnell ihr Ende gefunden hatte?

12

RIAH

Riah hatte ihr Schlafzimmer seit der Auktion kaum verlassen. Dem Kampf. Was auch immer das gewesen war. Sie war immer noch völlig entsetzt und unfähig, an irgendetwas anderes zu denken als an den Kampf und das, was sie gesehen hatte. Es musste Magie gewesen sein. *Echte* Magie. Das war die einzige Erklärung für das, was sie erlebt hatte. Was sonst konnte aus dem Nichts Eis und Feuer erschaffen oder ein Messer in der Luft anhalten und es anschließend in die andere Richtung schleudern?

Und dann Liam. Er war zu einem Drachen geworden. Vielleicht kein echter Drache, aber so genau konnte sie es gar nicht sagen. Er hatte Schuppen gehabt, so schwarz wie die Nacht, mit lederartigen Flügeln und einem langen, mit Stacheln besetzten Schwanz. Aber es hatte ausgesehen, als bestünde er aus Schatten. Hatte sie sich das alles nur eingebildet? Das war unmöglich. Riah hatte eine ausgeprägte Vorstellungskraft, aber ... Magie? Wirklich? Warum hatte sie sich das ausdenken sollen?

Auf dem Rückweg von der Auktion hatte sie irgendwann

den Mut aufgebracht, Richter zu fragen, was zum Teufel da passiert war. Er hatte nur mit fröhlicher Stimme geantwortet: „Mach dir darüber keine Sorgen. Ich glaube, sie haben den Wein mit irgendetwas versetzt. Scheinbar haben wir alle irgendeinen verrückten Scheiß gesehen. Aber am Ende ist doch alles gut gegangen, oder?"

Riah hatte eingewandt, dass sie keine Halluzinationen gehabt hatte, dass alles real gewesen war, aber Richter hatte auf seiner Version bestanden. Hatte er sie für total bescheuert gehalten? Warum war Liam nicht derjenige gewesen, der sie nach Hause gefahren hatte?

Sie hatte stundenlang im Bett gelegen und über das Gesehene nachgegrübelt. Gedanklich hatte sie sich jede Einzelheit vor Augen gerufen. Liam hatte sich verwandelt, um sie vor Colin zu *beschützen*, der ... Riah war sich nicht sicher. Sie hatte von Anfang an gedacht, dass etwas mit ihm nicht stimmte, aber nie hatte sie den Eindruck gehabt, dass er ein Terrorist oder Krimineller sein könnte. Dafür hatte er zu unbeholfen gewirkt. Bezüglich Kylee war Riah allerdings nicht allzu überrascht gewesen. Als sie sich auf der Hochzeit, die Riah mit Colin besucht hatte, kennengelernt hatten, war ihr diese Frau bereits sehr suspekt gewesen.

Je mehr Riah über die Ereignisse des vergangenen Abends nachdachte, desto klarer wurde ihr, dass Liam lediglich versucht hatte, sie zu beschützen. Er hatte von vornherein nicht kämpfen wollen. Er hatte getan, was nötig gewesen war, um sie zu beschützen.

Und bei dieser Erkenntnis spürte Riah ein ... Gefühl der Wärme. Sie war glücklich. Ihr Herz füllte sich bis zum Rand.

Aber ... Riahs erste Reaktion auf Liam, als er versucht hatte, ihr aufzuhelfen, war Angst gewesen. Sie hatte sie nicht unterdrücken können. Und er hatte sie in ihren Augen gesehen, ganz bestimmt. Oh nein! Das war der Grund, warum er sie an Richter übergeben hatte, warum er keine ihrer Nachrichten beantwortete. Er dachte, sie hätte Angst vor ihm, oder dass sie ihn nicht mehr sehen wollte, oder ... Alles Mögliche, nur nicht das, was Riah für ihn empfand.

Dankbarkeit. Zuneigung. Und noch etwas, das sie nicht genau benennen konnte.

Sie hatte überhaupt keine Angst vor ihm, jetzt, wo sie so viel darüber nachgedacht hatte. Riah wollte ihn unbedingt wiedersehen oder zumindest mit ihm reden und ihre Reaktion erklären ... Aber wie sollte sie das tun, wenn Liam auf keine ihrer Nachrichten reagierte? Es war nicht so, dass sie einfach bei ihm zu Hause auftauchen konnte. Das ließ ihr Arbeitsvertrag nicht zu. Nachdem der Job erledigt war, durfte sie seinen Wohnort nicht mehr besuchen. Und ihr Vertrag mit Liam war offiziell beendet.

Konnte sie es ihm verübeln, dass er nach einer derartigen Reaktion nicht mehr mit ihr reden wollte? Nein. Sie hatte es nicht so gemeint, aber sie musste ihn sehr verletzt haben. Wenn er ihr doch nur Gelegenheit geben würde, sich zu entschuldigen.

Um sich abzulenken, scrollte Riah durch weitere Anfragen auf der LovelyGirls-Website, aber es gab keine, die ihr Interesse weckten. Selbst die einmaligen Verabredungen interessierten sie nicht. Sie konnte nur an Liam denken.

Frustriert von der ganzen Situation beschloss Riah, dass sie nicht mehr zu Hause bleiben konnte. Etwas frische Luft würde ihr guttun. Also verließ sie ihre Wohnung und lief ziellos durch die Straßen. Dabei versuchte sie, sich vom Verkehr, dem Lachen der Kinder im Park und dem Geplänkel ihrer Nachbarn von Liam ablenken zu lassen. Eine Zeit lang schien es zu funktionieren, und Riah überlegte, Serena anzurufen und mit ihr zu plaudern. Nicht über Liam oder das schiefgegangene Date, sondern über … das Leben allgemein. Serena schaffte es immer, Riah von ihren Sorgen abzulenken.

Bevor Riah jedoch diesen Beschluss in die Tat umsetzen konnte, war sie den ganzen Weg zum Blackfall Central Park gegangen. Genau zu der Stelle, an der sie und Liam sich zum ersten Mal getroffen hatten.

Der Park war voller Menschen: Radfahrer fuhren an ihr vorbei, Leute lagen im Schatten der Bäume herum und Paare schlenderten am Teich in der Mitte des Parks entlang. Wie beim letzten Mal reichte die Schlange vor dem Hotdog-Stand weiter, als man sehen konnte. Seltsamerweise war die Bank, auf der Riah und Liam gesessen hatten, als sie das erste Mal über sich und die Auktion geredet hatten, leer. Riah setzte sich darauf, resigniert und betrübt. Eigentlich hatte sie der Spaziergang von ihren Gedanken an Liam ablenken sollen, aber da sie hier gelandet war, konnte sie nur an ihn denken.

Und zwar nicht nur an den Sex, sondern wirklich an ihn selbst. Es war immer um ihn gegangen, auch wenn sie es sich nicht hatte eingestehen wollen. In ihrem Herzen war er etwas Besonderes. Jemand, den sie nicht verlieren wollte. Und mit ihrer Angst, bevor ihr klar gewesen war, was er ihr bedeutete, hatte sie all das ruiniert.

Nach der Auktion hatten sie miteinander reden wollen, und Riah hätte ihm dabei all die Dinge, die ihr durch den Kopf gegangen waren, gestehen wollen. So verrückt sie auch waren. Jetzt würde sie nie die Gelegenheit dazu haben. Ihr Handydisplay leuchtete auf, aber in ihrer Konversation mit Liam waren keine neuen Nachrichten hinzugekommen. Sie könnte ihm erneut eine Textnachricht schicken. Aber was würde das bringen? Warum sollte er jetzt darauf antworten, wo er doch die letzten sechs ignoriert hatte?

Riah dachte darüber nach, ihn als letzten Versuch anzurufen, entschied sich aber dagegen. Sie hatte sich per Textnachricht entschuldigt und gefragt, ob sie sich treffen könnten, und er hatte nicht reagiert. Wahrscheinlich dachte er, dass es völlig normal wäre, dass sie mit einem Kunden schlief, und dass es nichts zu bedeuten hatte. Dieser Gedanke brach Riah fast das Herz. Wenn er nicht mit ihr reden wollte, gab es nichts, was sie tun konnte.

Anstatt also einen anderen Weg zu finden, seufzte sie nur, steckte ihr Handy in die Tasche und zog auf der Parkbank die Knie bis zum Kinn an. Sie beobachtete die Schlange am Hotdog-Stand und überlegte, sich ebenfalls einzureihen, um zu sehen, wonach die Leute so verrückt waren.

Was sie aber wirklich brauchte, war ein neuer Job. Einen, bei dem sie nicht an Liam würde denken müssen.

13

LIAM

„Nun ist es offiziell“, sagte Michael und ließ einen Ordner vor Liam fallen. „Die Claws, wie wir sie kannten, sind erledigt. Russell und Kylee waren die Köpfe der Operation, und sie sitzen in einem durch Magie verstärkten Gefängnis, und das für eine sehr lange Zeit. Sie haben nicht nur zahlreiche magische Gesetze gebrochen, sie werden auch in der normalen Welt gesucht.“

Liam blätterte den Polizeibericht durch, aber nur halbherzig. Alles, woran er denken konnte, war Riah. Er hatte seit dem Kampf nicht aufhören können, an sie zu denken. Dieser verängstigte Blick in ihren Augen verfolgte ihn, wann immer er seine schloss. Er ließ ihn nicht in Ruhe. *Monster*, schienen ihre Augen sagen zu wollen.

Wie hatte er nur denken können, dass zwischen ihm und Riah etwas wäre, wenn sie ihn als solches betrachtete? Liam war kein Monster. Und doch, als er sein Spiegelbild in ihren Augen sah, konnte er es nachvollziehen. Er quälte sich mit dieser Erinnerung, immer und immer wieder. Das alles wurde noch dadurch verschlimmert, dass er sich ihr immer noch nahe fühlte, obwohl sie ihn so angesehen hatte. Er musste daran denken, wie verdammt umwerfend und sexy sie war; an den Klang ihres Lachens, an ihre Hand in seiner. Wie es sich angefühlt hatte in ihr zu sein, während einer gemeinsamen Nacht, die nicht hätte passieren dürfen.

Liam wollte immer noch mit ihr reden. Um ihr alles zu sagen, was er vor ihr verborgen hatte. Um zu sehen, ob er ihre Meinung über ihn ändern könnte, indem er ihr alles erklärte. Um ihr zu zeigen, wie viel sie ihm bedeutete.

„Das ist ... gut", sagte Liam und schob den Ordner beiseite. „Was machen wir als Nächstes?"

„Als Nächstes?", fragte Richter mit hochgezogenen Augenbrauen. Er hatte bereits einen Drink in der Hand. „Mein Freund, was redest du da von ‚Nächstes'? Wir haben gerade die größten Bösewichte erledigt, mit denen wir in den vergangenen Jahrzehnten zu tun hatten. Das einzige nennenswerte Hindernis in der magischen Welt, das InnoCell von der Verwirklichung unserer hochfliegenden Träume abgehalten hat. Und du fragst mich, was als *Nächstes* kommt? Wir sollten feiern!"

In Wirklichkeit brauchte Liam einfach nur eine Ablenkung, und zu feiern, was ihm Riah weggenommen hatte, war nicht wirklich dazu geeignet. Er brauchte ein neues Arbeitsprojekt, in das er sich vertiefen könnte; ein Rätsel, das ihn wochenlang beschäftigen würde, bis er Riah endlich vergessen hätte.

Nur schien ihm sein Drache tief in seinem Inneren zu sagen, dass es nicht so einfach sein würde, sie zu vergessen. Sie war nicht nur eine beliebige Frau, mit der er geschlafen hatte und die er vergessen wollte. Sie war ... Riah. Und sie war etwas Besonderes, auch wenn ihn dieser Blick verletzt hatte.

„Es wird immer etwas für uns zu tun geben", erwiderte Liam möglichst gelassen. „Weitere Leute werden sich erheben und versuchen, uns daran zu hindern, die Welt zu verbessern, sobald sich die Nachricht von der Niederlage der Claws verbreitet hat.“

„Na und?“, fragte Richter. „Darum können wir uns kümmern, wenn es so weit ist. Aber jetzt? Wir haben gerade diejenige Truppe geschlagen, die uns seit Jahren auf den Senkel gegangen ist. Das sollten wir gebührend würdigen!“

Ja, sie hatten die Claws besiegt ... Aber Liam konnte nicht feiern. Es fühlte sich so seltsam an. Die ganze Zeit über, in der er bei InnoCell gearbeitet hatte, hatte er darauf hingearbeitet, die Pläne der Claws zu durchkreuzen, ihre gefährlichen Waffen zu konfiszieren und sie davon abzuhalten, Blackfall oder ganz Amerika zu schaden. Und nun, da es geschafft war ... Natürlich müsste Liam sich eigentlich freuen. Er hatte einen guten Job gemacht. Stattdessen fühlte er nichts.

Da war ein großes, klaffendes Loch in ihm, wo eigentlich Riah hätte sein sollen.

Dieser Gedanke war ... irgendwie beunruhigend. Als Riah ihn angesehen hatte, als wäre er ein Monster, waren all die Versprechen, die er sich selbst gegeben hatte, mit ihr zu reden, all die Geschichten, die er sich in seinem Kopf ausgedacht hatte, um zu erklären, wie sie auf seine Berührung reagiert hatte, der sagenhafte Sex – alles war auf einmal verpufft, und er war innerlich leer zurückgeblieben.

Es gab Geschichten über Gestaltwandler. Wie sie als Teil eines Ganzen geschaffen worden waren und ihr fehlender Part irgendwo da draußen auf sie wartete. Ohne das überhaupt zu bemerken. Ihr Gefährte. Wahre Liebe.

Könnte es das sein, was Riah für ihn war? Die Vorstellung schien so absurd. Noch vor zwei Wochen hatte er darüber geklagt, dass alle seine Freunde bis auf Richter bereits ihre Gefährtin gefunden hatten, aber er war außen vor gelassen worden. Und jetzt dachte er, dass Riah diejenige sein könnte, die für ihn bestimmt war. Aber wie war das möglich, wenn sie sich vor ihm gefürchtet hatte?

Eine Gefährtin hätte keine Angst gehabt. Sie hätte ihn akzeptiert. Ein nagendes Gefühl sagte ihm, dass es nicht ganz so einfach war, aber Liam ignorierte es. Es war einfacher, den Schmerz der Zurückweisung zu spüren, als darüber nachzudenken, was er hätte besser machen können.

„Was ist mit den Artefakten? Der Alianna-Statue?", fragte Liam.

„Ich habe die Alianna-Statue bereits repariert", antwortete Richter ruppig. „Wir werden sie hier in der Zentrale aufstellen, jetzt, wo sie nicht mehr gefährlich ist. Oder wir verschenken sie, wenn Danny sie nicht mehr haben will. Das ist mir egal."

„Die restlichen Artefakte sind hier angekommen, aber ich muss sie noch katalogisieren", sagte Michael. „Wenn das geschehen ist, werden einige unweigerlich in den Tresorraum wandern. Andere wiederum können wir sicherlich nutzen. Ich werde dich, Evan und Troy diesbezüglich konsultieren, wenn es so weit ist."

„Gut", erwiderte Liam, da er nicht wusste, was er sonst sagen sollte.

„Ausnahmsweise", fuhr Michael fort, „hat Richter mal recht. Was ist los mit dir?"

„Nichts."

„Nichts. Pfft", machte Richter entnervt von der anderen Seite des Konferenzraums.

„Wirklich, mir geht es gut", sagte Liam, ein wenig gereizt darüber, dass sie ihn nicht in Ruhe ließen, um sich mit Riah zu beschäftigen und herauszufinden, was zu tun war. „Die Claws zu besiegen hat sich einfach nicht so befriedigend angefühlt, wie ich erwartet hatte. Das ist alles. Wir haben noch sehr viel Arbeit vor uns, wenn InnoCell seine Ziele im nächsten Quartal erreichen will, geschweige denn im nächsten Jahr. Mit oder ohne Claws."

„Es sieht dir nicht ähnlich, eine so große Errungenschaft kleinzureden. Oder eine Gelegenheit auszulassen, mit Richter in einen Klub zu gehen", bemerkte Michael. „Was ist hier wirklich los?"

Einen Augenblick lang überlegte Liam, ob er irgendetwas erfinden sollte. Aber er hatte seine Freunde noch nie belogen, und wenn ihm jemand würde helfen können, dann sie. Immerhin hatte Michael bereits seine Gefährtin gefunden. Wenn Liam bezüglich Riah recht hatte, könnte ihm Michael vielleicht helfen.

„Es geht um Riah", sagte Liam schließlich.

„Dein Date?", fragte Richter. Mmm, ja, sie war irgendwie heiß. Hat auch alles gesehen. Ganz schön ungünstig für uns."

Heiß beschrieb nicht einmal ansatzweise, was Riah war, und Liam hörte Kommentare dieser Art über sie nicht gern, selbst wenn sie von Richter kamen. Michael reagierte allerdings schneller als Liam, da dieser noch in seinen Gedanken verwickelt war.

„Sei ruhig, Richter, du bist keine große Hilfe", sagte Michael. Er hielt einen Augenblick lang inne und sah Liam an. „Hat sie wirklich alles gesehen? Ich habe dich und sie während des Kampfes aus den Augen verloren."

„Als es anfing, unangenehm zu werden, habe ich sie nach hinten gebracht, damit sie in Sicherheit ist", antwortete Liam. „Ich hatte ein Versteck im Sinn und einen möglichen Fluchtweg, falls sich das Ganze zum Schlechten wenden sollte. Bevor wir uns jedoch davonmachen konnten, kam einer der Claws-Typen hinter uns hergerannt. Riah kannte ihn. Ich hatte keine Gelegenheit, sie zu fragen, woher. Wie auch immer ... Ich dachte, ich würde mit dem Kerl alleine fertig werden, aber als die Claws-Verstärkung kam, musste ich handeln. Ich habe mich verwandelt."

„Ja, du hast dieses verrückte Schattendrachen-Dings gemacht", sagte Richter. „All die Jahre hast du das vor uns verborgen."

Liam hatte noch weitere geheime Tricks im Ärmel, aber das war jetzt nebensächlich.

„Ich hatte das noch nie anwenden müssen. Aber, ja, Riah hat es gesehen. Und als der Kampf vorbei war, na ja ... da war sie ganz anders. Sie hatte schreckliche Angst vor mir."

„Bist du dir da sicher? Als ich sie nach Hause, schien sie nicht besonders ängstlich zu sein. Eher total neugierig. Ich habe behauptet, dass irgendetwas im Wein war, von dem wir alle halluziniert haben, aber ich glaube nicht, dass sie es mir abgekauft hat."

Riah war viel zu schlau, um auf so eine List hereinzufallen. Liam hätte sich Zeit nehmen und ihr vor der zweiten Auktion alles erklären sollen. Er hatte sogar Gelegenheit gehabt, es ihr zu sagen ... Aber stattdessen hatte er gelogen. Seine Absichten waren rein gewesen, aber er hatte einen großen Fehler gemacht, da er ihr nicht vertraut hatte. Jetzt musste er die Konsequenzen tragen.

Aber war es möglich, dass Richter recht hatte? Dass sie vielleicht doch nicht so verängstigt gewesen war und die Angst, die Liam gesehen hatte, nur eine erste Reaktion gewesen war?

„Falls du dir Sorgen machst, dass sie es herumerzählt, könnten wir jemanden zu ihr schicken, der ihre Erinnerungen löscht", schlug Michael vor.

Panik stieg in Liam auf. „Nein! Tut das nicht. Sie ist ... sie ist ..." Michael und Richter warteten geduldig, bis Liam seinen Satz beendete. Er sortierte seine rasenden Gedanken und sprach dann endlich die Wahrheit, vor der er sich gefürchtet hatte, aus. „Ich glaube, sie ist meine Gefährtin."

„Jetzt geht es schon wieder um Gefährtinnen", stöhnte Richter. „Warum hat jeder eine, nur ich nicht?"

„Man sucht sich seine Gefährtin nicht aus. Sie findet dich einfach. Es braucht nur viel Glück und Geduld", sagte Michael. „Wenn es dir bestimmt ist, deine zu finden, wird sie irgendwann zu dir kommen. Du brauchst also nicht zu jammern."

Das brachte Richter zum Schweigen. „Entschuldigung", murmelte er.

Liam war verärgert über Richters Verhalten, aber er konnte ihn auch verstehen. Noch vor zwei Wochen war Liam im selben Boot wie Richter gewesen. Ohne Partnerin und mit dem Gefühl, dass es unmöglich wäre, eine zu finden. Und jetzt ... hatte er Riah. Sie war so nah und fühlte sich dennoch so unerreichbar an.

„Ihr zwei passt gut zusammen", gestand Richter ein und schien damit seinen Gefühlsausbruch wiedergutzumachen. Er trat näher an Liam und Michael heran und setzte sich auf die Kante des Konferenztisches. „Es ist lange her, dass ich dich so glücklich gesehen habe. Glaubst du wirklich, dass sie deine Gefährtin ist?"

„Wenn sie nicht in meiner Nähe ist", sagte Liam, „fühlt es sich an, als wäre da eine Leere in meiner Brust. Als ich das erste Mal ein Bild von ihr gesehen habe, dachte ich, ich wäre verrückt, weil ich jedes Detail über ihr Leben erfahren wollte, ohne überhaupt ihren Namen zu kennen. Und als wir uns das erste Mal getroffen haben, haben wir uns die Hände geschüttelt, und es fühlte sich an, als ob die ganze

Welt in Flammen stünde und es nur uns beide gäbe. Nichts anderes zählte mehr."

Er und Richter sahen Michael an. „Die gleichen Gefühle habe ich für Laurel", gestand dieser. „Jahrelang habe ich so für sie empfunden, und ich konnte es mir nie erklären. Aber wenn wir zusammen sind, fühlt es sich an, als ob alles auf der Welt richtig wäre. Ich denke, man kann mit ziemlicher Sicherheit sagen, dass Riah deine Gefährtin ist."

„Die Frage ist also, was wirst du tun?", fragte Richter.

Zum ersten Mal seit Tagen fühlte sich Liam ein wenig gestärkt. Was er für Riah empfand, war völlig natürlich. Er hatte seinen fehlenden Part gefunden und war dann wieder von ihr getrennt worden, ohne zu verstehen, was zum Teufel mit ihm los war. Aber jetzt, wo er das wusste, musste er handeln. Sie hatte ihm die ganze Woche über Nachrichten geschrieben, und seine Angst hatte ihn davon abgehalten, ihr zu antworten. Er hatte den Gedanken nicht zugelassen, dass sie vielleicht wirklich mehr von ihm wollte.

Mit Richters und Michaels Hilfe verstand Liam jedoch endlich, was er tun musste.

„Ich muss zu ihr fahren", sagte Liam. „Und das in Ordnung bringen."

14

RIAH

Riah hatte offiziell bei LovelyGirls gekündigt. Nach ihrem Vorfall mit Colin, gefolgt von demjenigen Liam, war es für sie an der Zeit, sich einen anderen Job zu suchen. So sehr sie es auch genossen hatte, jahrelang als falsche Freundin zu arbeiten. Glücklicherweise hatte sie mehr als genug Geld verdient, um auf eigenen Beinen zu stehen. Da sie momentan kein Job ansprach, beschloss sie, sich an der Uni einzuschreiben.

Vielleicht würde sie sich einfach eine Weile treiben lassen und etwas Neues ausprobieren, bis sie schließlich etwas finden würde, das sie erfüllte.

Sie klickte sich gerade durch die Website des Blackfall College und las die Bedingungen für die Einschreibung, als es an der Tür klopfte. Riah hob den Blick von ihrem Laptop und dachte, dass sie sich das Geräusch eingebildet haben musste ... Aber nein, ein paar Sekunden später klopfte es erneut. Wer konnte das sein? Serena rief immer an oder schrieb eine Textnachricht, bevor sie vorbeikam, und Riah erwartete sonst niemanden.

Nach dem Erlebnis auf der Auktion hatte sie keine große

Lust, die Tür zu öffnen. Was, wenn es Kylee oder Colin war? Oder einer ihrer Freunde, der wusste, dass Riah hier wohnte? Kalter Schweiß rann ihr den Rücken hinunter, als sie sich der Tür näherte und durch den Spion spähte.

Draußen stand jemand, den sie nie im Leben erwartet hätte.

Riah keuchte und fummelte am Schloss herum, riss die Tür auf und erblickte Liam. Sie standen da und starrten sich sprachlos, als würde keiner von beiden glauben, dass der andere echt war.

„Liam …", brachte Riah endlich hervor. Indem sie seinen Namen aussprach, gab sie zu, dass Liam wirklich da war, dass sie ihn sich nicht einbildete. Sie war so verrückt vor Sehnsucht nach ihm gewesen, dass es wahrscheinlicher gewesen war, dass er eine Halluzination war. Jedes Detail an ihm war genau so, wie sie es in Erinnerung hatte: seine hellen topasfarbenen Augen, seine braunen, fast blonden Haare, sein zögerliches Lächeln.

„Es tut mir leid, dass ich nicht auf deine Nachrichten geantwortet habe", sagte er. „Nach der Auktion und dem, was passiert ist, habe ich … Ich habe nicht geglaubt, dass du mich wiedersehen willst. Aber nach längerem Nachdenken habe ich beschlossen, dass *ich* dich sehen muss."

Riah schluckte. Sie wollte alles von Liam erfahren, aber zuerst musste sie ihm zeigen, dass sie keine Angst hatte. Vor ihm und was auch immer er wirklich war, oder davor, sich in ihn zu verlieben.

Sie ergriff seine Hände und legte sie um ihre Taille. Und mit einer schnellen Bewegung lagen ihre Arme um seinen Hals, ihre Lippen waren aufeinandergepresst. Ihre Münder waren wie ein Feuer, das sich plötzlich entzündet hatte; eine Explosion von Hitze und Verlangen. Alles, was sie in den letzten zwei Wochen zurückgehalten hatten – ihre Lust, ihre Zuneigung und ihre gegenseitige Liebe –, strömte auf einmal aus ihnen heraus.

„Ich hätte nicht gedacht, dass ich dich je wiedersehen würde“, flüsterte Riah zwischen ihren Küssen. Sie schwebte in absoluter Glückseligkeit, aber sie musste zunächst ihr Gewissen beruhigen. Sie musste Liam sagen, dass sie niemals so hatte reagieren wollen, wie sie es getan hatte, nachdem er sie gerettet hatte. „Es tut mir so leid. Ich … ich hatte keine Angst, ich war nur verwirrt.“

Liams Zunge drang in ihren Mund ein, und sein Kuss wurde zum Mittelpunkt von Riahs Welt. Er ließ sie vergessen, dass sie überhaupt etwas gesagt hatte. Alles, woran sie denken konnte, war, wie viel er sie fühlen ließ. Vollständig. Geliebt. Geborgen. Eine einzige Berührung war alles, was Liam brauchte, um Riah alles zu vermitteln, was sie wissen musste. Er hatte ihr verziehen.

„Ich weiß“, sagte er nach einer Weile. „Ich hätte dir vertrauen sollen. Dir alles sagen sollen, bevor du es durch so einen Zufall herausfindest.“

Riah wusste immer noch nicht, was genau sie *herausgefunden* hatte, nur dass Liam anders war. Genau wie seine Freunde. Magie war anscheinend real. Aber hatte sie das nicht bereits gewusst, wann immer Liam sie berührt hatte? Keine Magie ließ sich mit der heißen Glut vergleichen, die er in ihr hervorrief.

„Einigen wir uns darauf, dass wir beide Fehler gemacht haben“, flüsterte Riah und zog Liam ins Haus. Die Tür schloss sich hinter ihm. „Aber ich will dir zeigen, wie leid es mir tut.“

Etwas blitzte in Liams topasfarbenen Augen auf, und seine Lippen waren wieder auf ihren. Leidenschaftlicher als zuvor. Er entlockte ihr ein Stöhnen, als er sie fest an seinen muskulösen Körper zog. „Ah ja?“, fragte er. „Dann lass dich von mir nicht aufhalten.“

Sie zerrten gegenseitig an ihrer Kleidung, während sie durch Riahs Haus stolperten, ihre Körper miteinander verschlungen. Ihre Instinkte übernahmen die Kontrolle, und ihr rationaler Verstand wurde ganz in den Hintergrund gedrängt. Jeder Teil von ihr sehnte sich nach Liams Berührung, wollte wieder mit ihm vereinigt werden. Seine Finger brannten auf ihrer Haut, als sie ihren Körper erkundeten, angefangen von ihren Hüften über ihren Bauch, über ihre Arme und ihre Brüste.

Riahs T-Shirt fiel im Flur auf den Boden. Liams Jackett ebenso, dann sein Gürtel. Er wurde etwas zu grob mit seinem Hemd, riss einen Knopf ab und zerrte schließlich knurrend das ganze Ding herunter. Riahs Hände erkundeten sofort seine Bauchmuskeln. Sie zeichnete jeden Muskel mit den Fingern nach und küsste sie, bis sie sich den Geschmack seiner Haut eingeprägt hatte.

Schließlich ließ sie sich auf die Knie fallen, und sein riesiger Schwanz drückte gegen ihre Lippen. Sie leckte seine Eichel, genoss seinen salzigen Geschmack und ließ ihre Zunge an seinem Schaft entlangfahren. Liam stöhnte, und Riah war dadurch ermutigt, weiterzumachen, um ihm mehr Töne der Lust zu entlocken. Wenn sie mit ihm fertig wäre, würde er wissen, wie leid es ihr tat, dass sie ihn hatte glauben lassen, sie wolle ihn nicht mehr sehen.

Liam bewegte seine Hüften, um sich gegen ihren Mund zu drücken. Riah nahm Zentimeter für Zentimeter seines Schwanzes auf. Aber das war nicht genug. Riah wollte alles von ihm, und sie beugte sich vor, bis Liams Schwanz ganz hinten an ihre Kehle drückte.

„Oh, Gott, Riah ... Du machst das so gut“, stöhnte er.

Sie saugte langsam und vorsichtig an ihm und bearbeitete seinen Schaft mit der Hand, wo ihr Mund nicht hinkam. Mit jedem Wippen ihres Kopfes, jedem Pulsieren seines Schwanzes, breitete sich mehr Wärme in Riahs Körper aus und sammelte sich zwischen ihren Beinen. Das schmerzende Verlangen, das sich dort bemerkbar gemacht hatte, als sie Liam zum ersten Mal gesehen hatte, wurde stärker und stärker. Bald würde sie es nicht mehr aushalten können. Mit der freien Hand fuhr sie in langsamen Kreisen über ihren Kitzler. Ein berauschendes Gefühl schoss durch sie hindurch und sie saugte Liams Schwanz fester, schneller und im Rhythmus ihrer Hände.

Und schließlich sagte Liam: „Ich glaube, ich ... Ich verstehe langsam, wie leid es dir tut. Verdammt ..."

Riah konnte es nicht mehr aushalten. Sie ließ es zu, dass er seinen Schwanz aus seinem Mund zog, und sie fielen zusammen auf ihr Bett. Sie drückte Liam hinunter, sodass er auf dem Rücken lag, und setzte sich auf ihn. Sein Schwanz drückte zwischen ihre Beine, und sie wippte ihre Hüften vor und zurück und ließ ihn spüren, wie feucht sie vor Verlangen nach ihm war.

„Das war erst der erste Teil", keuchte Riah und beugte sich vor und hob ihren Hintern gerade soweit an, dass Liam in sie eindringen konnte.

Sie packte seine Arme, während er das tat, und keuchte. Dann fielen ihre Augen zu. Verdammt, wie hatte sie vergessen können, wie groß er war? Er füllte sie ganz aus und ließ sie Sterne vor ihren verschlossenen Augen sehen. Einen Augenblick lang vergaß sie, was sie mit ihm vorgehabt hatte. Sie wollte auf ihm reiten, als gäbe es kein Morgen, ihm eine Show bieten, die er nicht so schnell vergessen würde. Sie wollte ihm einen Orgasmus bescheren wie beim letzten Mal, als sie miteinander geschlafen hatten.

Stattdessen raubte er ihr den Atem und ließ sie beinahe besinnungslos vor Lust zurück.

Liam schlang lachend seine Arme um sie und drückte sie an sich. Sein Herz hämmerte in seiner Brust, genau wie ihres. „Ich glaube, du hast unterschätzt, wie sehr du meinen Schwanz brauchst“, sagte er. Er strich ihr die Haare aus dem Gesicht und küsste sie sanft, wie ein Windhauch über Blütenblättern. „Aber das ist schon in Ordnung. Ich glaube, nun werde ich dir zeigen, wie leid es *mir* tut.“

Er knabberte an ihrer Lippe, und ohne ein weiteres Wort stieß er tief in sie hinein. Riah keuchte erneut und umklammerte Liams Bizeps mit jedem Stoß in sie. Sie hatte sich noch nie in ihrem Leben so gut gefühlt. Es war, als wären ihre Körper füreinander geschaffen. Sie trieben sie über ihre Grenzen hinaus, nur um festzustellen, dass es mit dem anderen keine Grenzen gab. Zusammen waren sie unaufhaltsam. Riah schrie an Liams Hals und dämpfte ihre Schreie dann teilweise auf dem Kissen, während er in sie hineinpumpte und sie spürte, wie sich das Feuer in ihr aufbaute. In ihnen beiden.

Liam hob Riah an, ganz leicht, sodass ihr Gesicht nicht mehr in die Kissen gepresst war. „Ich will dich hören“, flüsterte er. „Jedes Geräusch. Wie soll ich sonst wissen, dass ich einen guten Job mache?“

Sie biss ihm in den Hals, und er stöhnte auf und zog sie fester an sich.

Seine Stöße wurden kraftvoller, schneller. Alles verbrannte in ihnen, all die Fragen, all die Unsicherheit. Solange Riah mit Liam zusammen war, war nichts anderes von Bedeutung.

Ihre Sicht wurde verschwommen und verdunkelte sich mit jedem Stoß von Liam. Er war heiß und pulsierte in ihr, und sie gab sich hin, bis sie nicht mehr konnte und explodierte. Sie schrie wieder auf und verlor sich völlig an ihn. Er küsste ihren Hals, ihre Wangen, ihre Lippen, während sie zitternd und bebend auf ihm lag, so hoch in den Wolken, dass sie die Welt um sich herum kaum wahrnahm. Er hielt sie fest, während auch er knurrte und brüllte wie ein mächtiges Tier.

Und eine Zeit lang schwebten sie gemeinsam in den Wolken. Riah konnte ihre Augen kaum noch offen halten, obwohl sie mit Liam noch lange nicht fertig war. Sie hatten gerade erst mit ihrem Liebesspiel begonnen, und dennoch war sie bereits erschöpft. Erschöpft davon, so lange von ihm getrennt gewesen zu sein. Aber jetzt, da er hier war, gab er ihr neue Kraft. Nie wieder würde sie seine Umarmung oder die Wolken verlassen. Wann immer er in ihrer Nähe sein würde, würde das Feuer in ihr anwachsen, und es würde nie wieder erlöschen.

Riah hatte endlich verstanden, dass Liam nicht mehr gehen würde. Also legte sie sich auf die Seite und war so zufrieden wie noch nie in ihrem Leben.

Als Riah nach diesem unglaublichen Sex aufwachte, hatte sich ihre Sicht auf die Welt verändert. Alles schien heller, weniger trostlos, magischer. Vielleicht war es nur die Wirkung von Liams Anwesenheit, von der sie nie genug bekommen würde, solange sie lebte. Sie blinzelte hinauf an die cremefarbene Decke und kam langsam wieder zu sich.

Liams Arme waren fest um sie geschlungen, aber er schlief noch.

All das fühlte sich wie ein Traum an. Hier zu sein, mit ihm, nach einer gefühlten Ewigkeit, in der sie geglaubt hatten, dass nichts zwischen ihnen sein könnte. Wie war es möglich, dass sie es beide vermasselt hatten und trotzdem zusammen waren? Aber eigentlich war das nun nicht mehr wichtig. Riah war zufriedener und glücklicher als je zuvor ... Aber sie wusste, dass noch nicht alles final geklärt war. Sie und Liam mussten reden. Einerseits hatte sie immer noch das Gefühl, sich erklären zu müssen. Andererseits hatte auch Liam ihr etwas zu sagen.

Was war er? Eine Art Dämon? Ein Drache? Ein Geist? Wie er sich nannte, war ihr eigentlich egal, sie wollte es nur *wissen*. Wenn sie zusammenkommen sollten, musste sie es vorher verstehen.

Liam wachte auf und küsste ihre Wange. Sie richtete sich auf, sodass sich ihre Lippen begegneten, und er küsste sie erneute. Beide seufzten glücklich und drückten sich eng aneinander.

„Ich hatte Angst, aufzuwachen und dich wieder auf halbem Weg zur Tür zu sehen", sagte Liam.

„Das war eigentlich mein Plan", scherzte Riah. „Aber das hier ist mein Haus, und ich dachte, es wäre unhöflich, dich rauszuschmeißen, während du noch schläfst ..."

Sie schenkte ihm ein schelmisches Grinsen, aber er erstickte es mit einem weiteren Kuss. Sie liebte die Art, wie er sie küsste, langsam, aber fest, als ob sie ihm gehörte und er es wusste, sodass er sich so viel Zeit nehmen konnte, wie er wollte, um sie zu schmecken und zu necken, um die Flammen in ihr aufsteigen zu lassen. Genau das tat er jetzt, mit jedem Druck seiner Lippen ... Aber so sehr sie ihn auch wieder haben wollte, sie hatten zuerst ein paar Dinge zu regeln.

„Liam ... Ich möchte, dass du weißt, dass, egal was ich

gesehen habe, egal was du bist ... egal was für Verrücktheiten hier vor sich gehen, von denen ich noch nichts weiß – es ändert nichts daran, was ich für dich empfinde."

Er berührte ihre Wange und strich mit dem Daumen darüber. „Bist du sicher?"

„Ja, das bin ich", erwiderte sie. „Ich möchte alles erfahren. Das Positive, das Negative, das Unheimliche. Alles."

Ihre Münder trafen sich wieder, dann zog sich Liam ein wenig zurück. Sein Atem kitzelte ihre Lippen. „Du sagst mir besser erst, was du für mich empfindest", sagte er. „Für den Fall, dass mir nicht gefällt, wohin das führt."

Sie lächelte ihn an und legte ihre Hände auf seine. „Ich liebe dich, Liam", sagte sie. „Seit wir uns kennengelernt haben, ist da etwas ... Es macht mich verrückt, und ich kann es nicht erklären. Es hat mich dazu gebracht, seltsame Dinge zu denken und zu tun, die ich vorher nie getan hätte. Aber wenn ich mit dir zusammen bin, ergibt alles Sinn. Ich dachte immer, dass Liebe etwas Reines und Zartes wäre, dass ich sie erkennen würde, sobald sie mich berührt. Aber es ist eher so, als würde man Feuer fangen, und bis ich nicht alles um mich herum verbrannt hatte, war mir nicht klar, womit ich es zu tun hatte. Selbst als ich verzweifelt versucht habe, wieder Kontakt mit dir aufzunehmen, wusste ich nicht, wie ich es nennen sollte ... Erst, als du hergekommen bist und ich dich wiedergesehen habe. Ich wusste, dass wir dasselbe empfinden, als ich dich gesehen habe."

Liam küsste ihre Wange, ihren Kiefer und ihren Hals. „Ich habe fast mein ganzes Leben lang gedacht, dass wahre Liebe nicht real wäre", sagte Liam. „Aber dann habe ich dich kennengelernt. Offenbar wusste keiner von uns, wie es sich anfühlt, bis wir einander gefunden haben. Ich bin froh, dass wir uns gegenseitig in unserer Unwissenheit nicht noch mehr verletzt haben. Ich war nach der zweiten

Auktion so besorgt darüber, dass ich dich versehentlich verletzt haben könnte, als ich versucht hatte, Colin von dir fernzuhalten …“

Riahs Herz fühlte sich an, als würde es gleich bersten, und sie lachte. „Ich war so erschrocken, dass ich über meine eigenen Füße gestolpert bin und mir den Kopf ziemlich hart angestoßen habe. Dann hast du mich berührt, und ich habe so reagiert, weil ich buchstäblich den Verstand verloren hatte, desorientiert war und meine Umgebung nicht mehr wahrnehmen konnte. Erst als Richter kam, um nach mir zu sehen und mich nach Hause zu fahren, wurde mir klar, was passiert war.“

„Es tut mir so leid. Ich habe voreilige Schlüsse gezogen. Ich … Ich hätte bei dir bleiben sollen, trotz meiner Verunsicherung“, erwiderte er.

„Das ist jetzt alles passé. Zwischen uns ist doch alles wieder gut, oder?“

Er drückte ihre Hände. „Es ist alles wieder gut.“ Sie lagen ein paar Minuten nur da und genossen die Liebe des jeweils anderen. Dann ergriff Liam wieder das Wort. Riah hatte ihn nicht drängen wollen, denn sie wusste, dass sie jetzt alle Zeit der Welt hatten und dass er ihr zu gegebener Zeit alles erzählen würde.

„Auch auf die Gefahr hin, melodramatisch zu klingen“, hob Liam an, „muss ich dir sagen, dass die Welt, die du kennst, unvollständig ist. Unter der Oberfläche tummeln sich alle möglichen magischen Kreaturen. Dämonen. Vampire. Und Gestaltwandler wie ich.“

„Gestaltwandler?“, fragte Riah.

„Davon gibt es viele verschiedene Arten, aber meine Freunde und ich, wir alle sind Drachen-Gestaltwandler. Wir teilen unseren Körper und unseren Geist mit einem Drachen, und das schon seit unserer Geburt. Wie auch unsere Familien. Es liegt uns im Blut. Es ist nicht nur Magie, sondern es ist, wer wir sind."

„Also der Schattendrache, den ich gesehen habe … Das warst du? Keine Magie?"

„Eigentlich würde die Antwort darauf ja lauten. Aber aufgrund der Besonderheit unseres Kampfes musste ich extra viel Magie anwenden, damit es funktioniert. Die Schatten zusammenführen. Ich kann ein anderes Mal erklären, wie das genau funktioniert. Was du wissen musst, ist, dass … ich genauso sehr der Drache bin, wie der Drache ich ist."

Riah fuhr mit ihren Fingern an Liams nackter Brust entlang. „Wie ich dir schon sagte, ändert das nichts an meinen Gefühlen für dich. Du bist Liam. Einfach Liam."

Er stieß ein leises Lachen aus. „Du hast keine Ahnung, wie froh ich bin, das zu hören", sagte er. „Aber ich fürchte, du bist nicht *nur* Riah. Was wir füreinander empfinden – als könnten wir ohne einander nicht atmen –, das liegt an einer besonderen Art von Magie. Eine seltene Art, die zwei Menschen in Liebe miteinander verbindet, die so stark ist, dass sie unzerstörbar ist. Zwei Menschen, die dazu bestimmt sind, zusammen zu sein, egal unter welchen Umständen. Gefährten. Und ich glaube, du bist meine."

Etwas tief in Riah wurde ganz warm bei der Vorstellung, Liams Ein und Alles zu sein, und zwar nur für ihn. Sie hatte noch nie in ihrem Leben so viel für jemanden empfunden. Und da sie sich erst seit kurzer Zeit kannten, nun ja … Riah wusste, dass ihre Gefühle füreinander nur noch stärker werden würden.

„Das bin ich. Ich kann es fühlen", sagte sie.

„Und … als meine Gefährtin gibt es da etwas, das du wissen solltest, bevor wir weiterreden."

Sie kuschelte sich enger an ihn. „Du meinst, es gibt noch

einen weiteren Bonus, wenn ich deine Gefährtin bin – außer, dass ich dich für den Rest meines Lebens behalten darf?“

„Ja. Der ‚Rest deines Lebens‘ ist soeben viel länger geworden. Unendlich lange.“

„Mmm.“ Riah gefiel der Gedanke, unendlich lange mit Liam zusammen zu sein, aber sie war sich nicht sicher, wie das möglich sein sollte. Jedes Lebewesen musste irgendwann sterben. Allerdings wollte Riah nicht an das denken, was noch Jahrzehnte entfernt war. „Wie meinst du das?“

„Drachen sind unsterblich“, antwortete Liam. „Und ihre Gefährten auch.“

Eine Ewigkeit im wahrsten Sinne des Wortes an Liams Seite. Liebe machen, zusammen sein, alles nur Erdenkliche tun. Orte zu besuchen, von denen Riah noch nie zuvor zu träumen gewagt hätte. Was könnte sie sich mehr wünschen?

Liam war die Liebe ihres Lebens, und nichts würde das ändern oder sie davon abhalten können, ihn mit all ihrer Hingabe zu lieben.

15

LIAM

Zwei Monate später, mitten im Oktober, füllte Liam am Küchentisch Papierkram für InnoCell aus. Seitdem die Claws besiegt waren, hatte sich Liams Arbeit verändert. Statt Spionage und dem Sammeln von Daten über ihre Feinde suchte er nun nach besseren Möglichkeiten, um die Sicherheit der Firma für sie und ihre größer werdende Familie zu optimieren.

Die Eingangstür öffnete sich, und der strahlende Sonnenschein in Liams Leben betrat Haus. Riah. Er stand auf, um sie zu begrüßen, und umarmte sie.

„Wie war die Vorlesung?“, fragte er und küsste sie dann. Langsam, genau so, wie es ihr gefiel. Er genoss jede Sekunde, in der ihre Münder zusammen waren.

Nach einer Weile hatte er fast völlig vergessen, dass er eine Frage gestellt hatte.

„Ich weiß immer noch nicht, was genau ich tun will“, erwiderte Riah keuchend. „Aber jetzt, wo wir zusammen sind, habe ich es nicht eilig, das herauszufinden.“

Riah ließ ihre Hände unter Liams Hemd gleiten. Sie waren wie flüssige Lava auf seiner Haut. Er hatte den ganzen

Tag auf sie gewartet, und schon hatte er eine Erektion, war bereit für sie. „Ich weiß, was du jetzt tun könntest", flüsterte Liam. Er zerrte am Saum von Riahs Bluse und schob sie über ihren Kopf, bevor sie widersprechen konnte. Sie tat es nicht.

Er vergrub sein Gesicht zwischen ihren Brüsten, während er sich daran machte, ihren BH zu öffnen. Stolpernd hob er sie hoch, und sie schlang die Beine um seine Hüften. Als ihr BH herunterfiel, saugte er an ihren Brustwarzen und steuerte blindlings auf den Küchentisch zu. Er setzte sie auf diesem ab und schob ihren Rock hoch, um mehr von ihrer Haut zu sehen. Er spürte, wie ihre Liebe zu ihm von ihrer Haut abstrahlte, und er hoffte, dass sie merkte, wie auch seine Liebe zu ihr von ihm abstrahlte. Seine Freude darüber, sie bis in alle Ewigkeit bei sich zu haben, körperlich und seelisch.

Riahs Kopf fiel nach hinten, und sie krallte sich an seinen Haaren fest. „Verdammt", stöhnte sie. „Du bist noch leidenschaftlicher als sonst. Du hast nicht einmal ... Oh ..."

Er biss in ihre Brustwarze, und ihr ganzer Körper zitterte vor Lust. Er bearbeitete sie sanft zwischen seinen Zähnen, während er mit einer Hand ihren Slip beiseiteschob und mit der anderen seinen Schwanz befreite. Er schob ihn zwischen ihre Beine und rieb ihn an ihrem Eingang. Sie bewegte daraufhin die Hüften und drückte sich an ihn.

Sie war ganz feucht, bereit für ihn. „Du hast das genauso sehr gewollt wie ich", sagte er.

Jedes Mal, wenn Liam im Homeoffice arbeitete und sie nach Hause kam, liebten sie sich. Es war, als würden ihre Körper die vielen Jahre der Trennung wieder wettmachen wollen. Wenn es ganz nach ihnen ginge, würden sie sich wahrscheinlich den ganzen Tag lieben, jeden Tag. Aber Liam hatte Verpflichtungen und ... Ach, was sollte das

Getue? Er arbeitete meist von zu Hause aus, damit sie mehr zusammen sein konnten. Er liebte sie so sehr, dass er es nicht ertragen konnte, lange von ihr getrennt zu sein; vor allem, wenn ihm seine Arbeit zum ersten Mal in seinem Leben gar nicht so gefährlich erschien.

„Dann hör auf, uns warten zu lassen", keuchte Riah.

Er tat es nicht. Liam dran in sie ein, und sie fingen beide an zu stöhnen. Es waren Töne, die ihre Liebe und Hingabe füreinander zum Ausdruck brachten. Heiße Blitze durchzuckten Liams Körper und wurden mehr, Stoß um Stoß, Kuss um Kuss, und verwandelt sich in ein Gewitter. Riah legte sich auf den Tisch und ihre und Liams Hände verschränkten sich. Sie waren eins, als wären sie füreinander bestimmt. Jedes Keuchen und Stöhnen wurde zu einer einzelnen Note in der Symphonie, die ihr Leben sein würde.

Riah zitterte gegen Liam, ihre Nägel gruben sich in seine Hände. Sie umschloss ihn jedes Mal fester, wenn er sich aus ihr herausgezogen hatte und erneut in sie hineinstieß. Ihre Körper verschmolzen so sehr miteinander, dass es aussah, als würden sie sich nie wieder voneinander lösen können.

Und das würden sie auch nicht. Riah und Liam würden ihr Leben lang zusammen sein. Das hier war nur der Anfang.

ENDE

ÜBER JADA COX

Jada Cox ist völlig vernarrt in diese drei Dinge: ihren zauberhaften Sohn, ihren gut aussehenden Ehemann, der einem Bärengestaltwandler zum Verwechseln ähnlich sieht, und in das Schreiben von Gestaltwandler-Liebesgeschichten. Sie hat das große Glück, dass all diese Dinge Teil ihres Lebens sind! In Jada Cox Büchern wimmelt es von starken Frauen, super-sexy Gestaltwandlern und rasanten Actionszenen. Werfe auch einen Blick in ihre Bücher und tauche ein in diese faszinierende Welt.

Besuche meine Autorenseite auf Amazon und klicke auf "Folgen", um Benachrichtigungen zu Neuerscheinungen zu erhalten.

Für noch mehr Updates, Previews und Angebote besuche und like meine Facebookseite.

BÜCHER VON JADA COX

“Drachen-Schatzinsel” Buchreihe

Eine warme, herrliche Insel voller Edelsteine, Gold und ... heißer Drachen. Ja, das ist der Stoff, aus dem Frauenträume gemacht sind. Diese Drachen bewachen die Insel und ihre Schätze, aber wenn sie die Frau erblicken, für die sie bestimmt sind, haben sie ganz andere Dinge im Kopf: sich zu paaren, sie zu beschützen, koste es, was es wolle – und ein Kind zu zeugen ...

Perlendrache
Golddrache
Saphirdrache
Rubindrache
Diamantdrache
Opaldrache

“Drachen-Milliardärsimperium” Buchreihe

Sechs heiße Drachen, die den Himmel und die Herzen

der Frauen beherrschen ... Willkommen beim Drachen-Milliardärsimperium, wo Geld, Ruhm und Reichtum nur das Fundament für etwas viel Größeres bilden: leidenschaftliche Liebe und magische Gefährtenverbindungen.

Magmadrache
Eisdrache
Donnerdrache
Bergdrache
Schattendrache
Eisendrache

"Villa der Drachen" Buchreihe

In „Villa der Drachen" geht es um sechs super-sexy, muskelbepackte Drachen, die jede Frau dahinschmelzen lassen und andere Männer neidisch machen. Sobald du ihr vor Testosteron triefendes Haus betrittst, ist es um dich geschehen. Also lass dir eines gesagt sein: Geh nie dort hinein. Besonders nicht allein.

Milliardär Drache
Böser Drache
Großer Drache
Dreister Drache
Feuriger Drache
Dominanter Drache

"Elementardrachen" Buchreihe

„Elementardrachen" ist eine Buchreihe mit paranormalen Liebesgeschichten über sechs sehr heiße Drachenbrüder mit ausgeprägtem Beschützerinstinkt, die alles dafür tun würden, um ihre Seelengefährtinnen vor Unheil zu bewahren.

Des Drachen Nanny
Des Drachen Baby
Des Drachen Leihmutter
Des Drachen vorgetäuschte Freundin
Die drei Gefährten der Drachin

www.ingramcontent.com/pod-product-compliance
Lightning Source LLC
Chambersburg PA
CBHW061550250926
52052CB00010B/3138
* 9 7 8 1 9 3 8 9 4 2 0 8 2 *